淫魔《インマ》追放《ツイホウ》
～変態ギフトを授かったせいで王都を追われるも、女の子と〝仲良く〟するだけで超絶レベルアップ～
I was banished from the capital. But the more I get along with the girls, the stronger I get.
3
[vol.] THREE
著 赤城大空
HIROTAKA AKAGI
絵 kakao

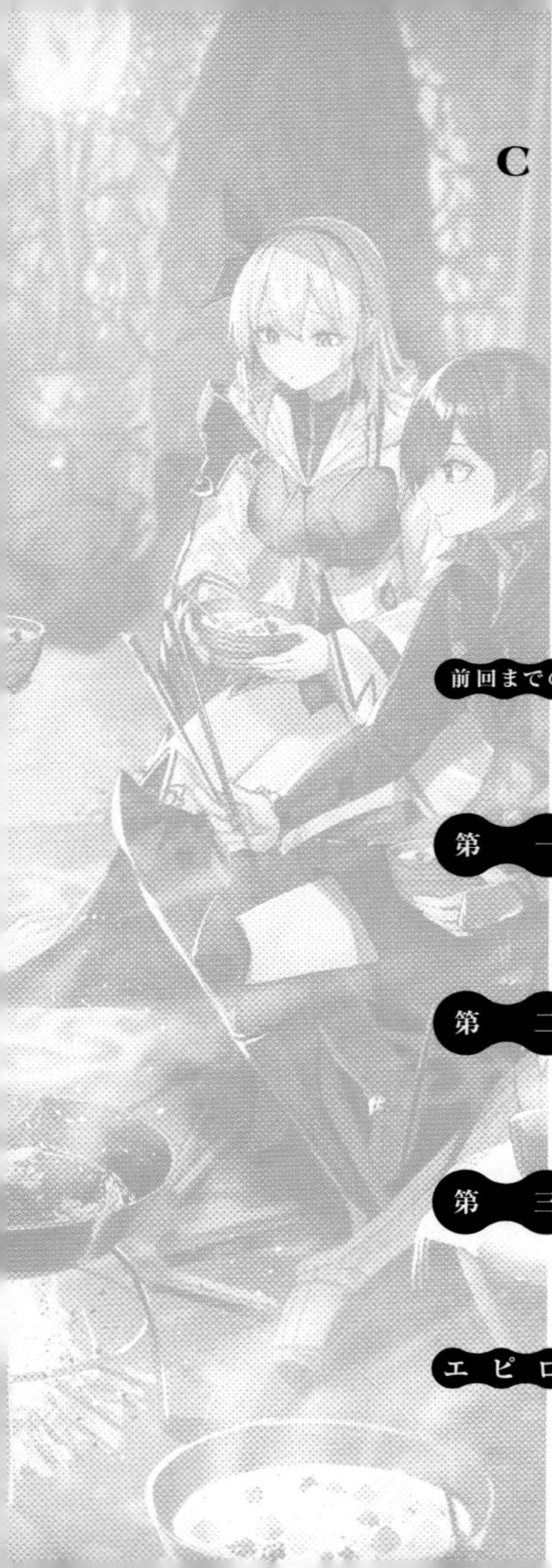

CONTENTS

インマツイホウ

[vol.] THREE

I was banished from the capital.
But the more I get along with the girls,
the stronger I get.

淫魔追放

イ・ン・マ・ツ・イ・ホ・ウ

～変態ギフトを授かったせいで王都を追われるも、女の子と"仲良く"するだけで超絶レベルアップ～

I was banished from the capital. But the more I get along with the girls, the stronger I get.

3

著　赤城大空　HIROTAKA AKAGI

絵　kakao

CHARACTERS

エリオ・スカーレット

〈淫魔〉のギフトを授かってしまい王都を追放された公爵家の少年。変態能力に反して常識人で、迷いなく人助けができる良い子。

アリシア・ブルーアイズ

伝説級のギフト〈神聖騎士〉を授かった少女。主人公の幼なじみ。行動原理は100％エリオへの愛。

ソーニャ・マクシエル

辺境都市の冒険者ギルドマスターと商業ギルドの重鎮の娘。

レイニー・エメラルド

ギルドで試験官を務める冒険者。重度のショタコン。

ルージュ・クロウ

商人。商会ではお姉様方への大人のオモチャ販売ルートを持っている。

ウェイプス

辺境都市一番の鍛冶師。職人気質のハーフドワーフ。

シスター・クレア

従者の女騎士シルビアと放浪の旅をするシスター。

ステイシー・ポイズンドール

女帝旅団の頭領。最上位ギフト〈深淵魔導師〉の持ち主。

リザ・サスペイン

女帝旅団のNo.2。豹の耳と尻尾を生やした獣人。

ソフィア・バーナード

史上最年少で戦姫旅団のトップに就いた狼人。

前回までのあらすじ

天から与えられる〈ギフト〉という才能によって人生が左右される世界。

前代未聞の変態〈ギフト〉、〈淫魔《いんま》〉を発現してしまったエリオ・スカーレットは、このままでは王都にも居づらいだろうと街を追放されてしまう。

そんな自分についてきてくれた幼なじみアリシア・ブルーアイズの想いに応えるため、そして暴発した隷属スキルを解除するため、エリオたちは駆け落ちじみた旅を続けていた。


そんな折に遭遇した魔族レジーナとの戦いにおいて発現した〈現地妻〉スキル検証のため、エリオとアリシアは商人ルージュから鑑定水晶をもらい受ける。

その結果、〈現地妻〉スキルは様々な条件はあれど、主従契約を結んだ相手との距離を無視した瞬間移動スキルと判明。

エリオたちは〈現地妻〉スキルが実際どの程度の効力を持つのか確認がてら、ルージュに依頼された素材の調達へ行くことに。

道中、二人は魔物の毒にやられたシスター・クレアと女騎士シルビアを助ける。

しかしこのシスターは大酒飲みの破戒僧で、「腐った教会からお金を盗んで逃げてきた」「理想の殿方に出会うために旅をしている」など言動が怪しい。少々引きながらも助けた二人とともに目的の村へ向かう。

すると村の近くの山林で崩落事故が起きており、少女が行方不明に。

その女の子を捜すため、危険地帯へ向かうエリオ。女の子に遠隔で粗相してしまいそうになるトラブルはありつつ、索敵男根（細長く枝分かれした男根で周囲を探る必殺技）で無事に女の子を発見するのだが、そこで巨大な亀形モンスターと遭遇。二本の亀頭を武器に戦う魔物と亀頭をぶつけあい完勝する。

モンスターは目的の素材——鑑定水晶の材料を大量に保有しており、エリオたちは女の子とともに帰還する。

夜に宿を訪ねてきたシスタークレアから、国宝級の鉱石〈豪魔結晶〉を渡されるエリオ。それに気づいて返そうとするも、シスタークレアはすでに村を発っており、〈豪魔結晶〉とともに告げられた「選ぶならダンジョン都市がいい」という謎のアドバイスにエリオは首をひねる。

実は教会の最高位、〈宣託の巫女《みこ》〉だったシスタークレアは、自分が護衛の女騎士とともにエリオのエリオで竿《さお》姉妹にされる未来を視《み》てしまうのだった。

〈現地妻〉によって依頼された素材を商人ルージュのもとまで一瞬で運んだエリオは、そこで教会が不自然にアリシアを捜していることを知る。

教会の追跡から逃れると同時にいまより強くなるため、リスクを承知でダンジョン都市へ向かうことを決意するエリオ。

そこで出発前に防具を新調しようとするのだが、城塞《じょうさい》都市では現在、防具の材料が不足していた。防具の素材が採れる森で冒険者たちが次々と防具を溶かされる怪現象が続いており、エリオとアリシアは事件の解決へ向かう。

そこで遭遇したのは、先日大量発生したアーマーアントたちの死骸を大量に食べて驚異的な強化を果たしたメルターエスカルゴの強化種。強力な水魔法を操る異変の元凶に苦戦するも、エリオのアダマンタイト男根に夢中でむしゃぶりついた隙を突いてこれをどうにか倒す。

無事に二人分の防具を新調したエリオは、アリシアとレジーナによる強引な三人仲良しによってさらにレベルが上がる。


商人ルージュに紹介された風魔法による運び屋ハーフエルフ、キャリー・ペニペニに協力してもらい、エリオとアリシアはダンジョン都市サンクリッドへ。

都市を支配する三つの冒険者集団——三大旅団には関わらないよう注意していたのだが、とあるトラブルから街に到着して早々、三大旅団の一角、女帝旅団の頭領ステイシー・ポイズンドールに助けられる。

そのまま女帝旅団の拠点に招かれるのだが、ステイシーは初々《ういうい》しいカップルから男を奪う趣味を持っていた。少年を惚《ほ》れさせ意のままに操る女帝の魅了系ユニークスキルによってエリオは正気を失ってしまう。

　正気を失ったエリオだったが、アリシアの呼びかけで中途半端に魅了スキルを克服。アリシアと女帝ステイシーを混同し、セッ〇スマシーンと化してステイシーと仲良ししようと襲いかかる。抵抗する女帝だったが、魔法無効化男根などを駆使して暴れるエリオ。しまいには新スキル〈ヤリ部屋生成〉を発動し、「セッ〇スしないと出られない異空間」に女帝を幽閉。正気を失ったまま半日以上ぶっ続けで女帝と仲良しし、〈主従契約〉を刻み込む。

　エリオが正気を取り戻したあと。エリオを奪われかけたことで怒《いか》り心頭のアリシアに〈主従契約〉の命令権が譲渡される。色々と命令されまくったステイシーの協力のもと、エリオたちはダンジョン都市で融通がきくようになる。

　その後、エリオは嫉妬《しっと》に燃え上がったアリシアと一日中挿《い》れっぱなしで過ごす。

第一章

▼第1話　検証、ヤリ部屋生成

ダンジョン都市サンクリッドが擁するダンジョンは数百年前に出現したとされる地下洞窟《どうくつ》型の大ダンジョンだ。

ダンジョン都市と呼ばれる街は大陸にいくつかあり、サンクリッドダンジョンはそのなかでも比較的若い部類に入る。

けれどその広大さはほかの大ダンジョンと変わらず、かなりの規模。

階層は公式に確認されているだけでも七十以上。

出現するモンスターの数や強さ以前に、踏破に何十日もかかるようなその広大さが、食料不足などの点から冒険者の下層域進出を拒んでいるとのことだった。

けれどその広大さが僕たちにとってはかなりありがたい。

なにせダンジョン内で一番人口の多い浅層でもほかの冒険者とすれ違うことがほとんどなく、僕とアリシアは自分の力を隠すことなく全力で戦えたからだ。

「……身体能力強化【極大】……剣戟《けんげき》強化【大】」

「「「グギャアアアアアアアアアアアアッ!?」」」

魔力のこもった壁が淡く光る中、アリシアがぼそりと呟《つぶや》く。

途端、ただでさえ高いアリシアの身体能力が急激に強化され、道の奥からやってきた大量のモンスターたちが一瞬で切り刻まれた。

「……エリオ、左右の通路からモンスターが来る。右はお願い」

「うん、わかった！」

万が一にでも僕らの戦闘《実力》をほかの冒険者に見られないよう、アリシアは常に〈周辺探知〉スキルを展開している。そのおかげでモンスターから奇襲を食らうこともなく、僕たちはダンジョン浅層をなんなく進むことができた。

まだ浅層ということもあり、出現するモンスターはブルーウルフの群れや武装ゴブリンなど、最大でもレベル20程度のもの。僕たちの敵じゃない（ちなみにここでは男根剣を封印し、僕自身の剣技上達とアリシアのレベルアップを優先している）。

と、そうして僕らは順調にダンジョンを攻略していたわけなのだけど……実は今日のダンジョン攻略では、ひとつ確認しておきたいことがあった。

なんの確認かといえば……女帝ステイシーさんとの一件で新しく出現した頭のおかしいスキル〈ヤリ部屋生成〉の性能チェックだ。

発現した当初はあまりに頭のおかしいスキル名と効果に深く考える余裕がなかったけど……鑑定水晶で確認したスキル効果には、はっきりとこう書かれていた。

生物以外の出し入れも可能、と。

「……これ、まさかあのバカでかい容量で普通にアイテムボックスとして使えるってことはないよね？」

セッ〇スしないと出られない、なんてふざけた条件もあるわけだし、なにかしら制約はあるはず。そう考えながら、僕はバックパックに集めておいたモンスターの素材をいったん降ろし、スキルを発動させた。

すると僕の手元を中心に、人一人が入れそうな大きさの空間がぐにゃりと歪《ゆが》む。

セッ〇スしないと出られない異空間への出入り口だ。

どうも魔力を込めれば込めるほど入り口は広くなるらしい。けど入り口を広げた際の魔力消費は豪魔結晶の補正込みでもそれなりに大きいみたいなので、ひとまず最小サイズのままモンスターの素材を放り込んでみた。すると、

「き、消えた……」

「……アイテムボックスに物を入れるときと同じだね」

アリシアの言う通り、通常のアイテムボックスと同じように素材が空間に吸い込まれて消えてしまう。それから僕はアイテムボックスを使うときの要領で歪んだ空間に手を突っ込んでみ

た。すると、

「う、わ……出すときも普通に出せちゃった……」

これまたアイテムボックスを使うときと同じだ。

僕が取り出したいと念じたものが勝手に掌に収まり、なんの制約もなく空間から取り出すことができたのだ。恐らく無機物には「セッ〇スしないと出られない」という制約が必要ないのだろう。つまり新しく獲得した〈ヤリ部屋生成〉は、普通に大容量のアイテムボックスとしても使えるということだった。

しかもこれ、中に物を入れて運ぶ際の魔力消費量も多くないみたいだし……セッ〇スしないと出られないって欠点を除けば、アイテムボックス兼どこでもセーフハウスとして機能するようだった。

モンスターの群れに囲まれてもこの空間に避難すればやり過ごせる、と言えばその優秀さがわかるだろう。

「なんだこのスキル……とんでもない性能すぎるぞ……」

と、僕が〈ヤリ部屋生成〉のぶっ飛んだ性能に目を見開いていたときだった。

「……異空間の中で素材がどう保存されるのか。血まみれのモンスターをそのまま中に入れたらベッドや絨毯《じゅうたん》はどうなるのか。……しっかり確かめないといけないね。スキル検証のために誰かが中に入って確かめないといけない……だからこれは仕方ない……」

言いつつ、アリシアがスキルによって生成された「セッ〇スしないと出られない異空間」の出入り口に頭から突っ込んでいった。ちょっ、アリシア!?

「そんなこと言って、仲良しの口実が欲しいだけだよね!?」

「……そうだよ?」

開き直った!

けどアリシアの言う通り、一部屋しかないヤリ部屋の中に素材を突っ込んだらどうなるかというのは確認しておかないといけないことで……。

ダンジョン攻略の最中だというのに、僕はアリシアと一緒にヤリ部屋の中へと入るのだった。

▼第2話　産み放題の穴（熟）～浅層攻略と真性騎士の成長～

〈ヤリ部屋生成〉スキルによって生み出された異空間にアリシアと一緒に入ったあと、五回ほど仲良しした。

うん、まあ、やっぱり一回で済むわけがなかったね……。

……まあそれはいいとして。

アリシアにせがまれるまま仲良ししたことで、この異空間についてまた色々とわかった。

まず「仲良し」の判定基準は挿《い》れた状態でどちらかが達すること。

達した瞬間部屋の奥に現実世界へ続く扉が現れ、そのあとは再び誰かが入ってくるまで扉は出現しっぱなしになるらしい。

そして肝心の素材だけれど……この異空間に放り込んだ素材やアイテムは部屋の隅にひとかたまりになっていた。

どうやら無秩序にアイテムが押し込まれるのではなく、仲良しスペースをしっかり確保するかのように、ある程度整理された状態で保存されるらしかった。

また、どうやらこの異空間に放り込まれた無生物やモンスターの死骸は普通のアイテムボックスと同様に時間が止まり、腐敗や風化することがなくなるようだった。

倒したばかりのモンスターをヤリ部屋に放り込んでおいたのだけど、いつまで経っても体温が残ったままで血も流れていなかったのでまず間違いないだろう。

これはつまり食料や作りたての料理なども保存できるということで、長期活動にはかなりの効力を発揮するだろうと思われた。

こうして次々と判明する〈ヤリ部屋生成〉スキルの効果効能に僕はちょっと怖くなる。

「そもそもダンジョン内でこうしてゆっくり休憩できるだけでも凄《すご》く有用なのに……食料や素材まで鮮度そのまま保存できるなんて、仲良ししないと出られないってデメリットを差し引いても便利すぎじゃない……!?」

「……？　デメリット？」

僕の言葉にアリシアが不思議そうに首を傾《かし》げる。

うんまあ、アリシアにとってはむしろ「仲良ししないと出られない」ってのが最大のメリットかもしれないけどさ……。

なんというかこう、倫理的におかしいよね、このスキル。今更だけど……。

けれどもまあ、単純に大容量アイテムボックスとして使うだけならただただ便利なスキルだ。

そうして〈ヤリ部屋生成〉についてある程度の検証と考察を終えた僕はアリシアとともに現実世界へと帰還。

当初の目的である戦力強化を成し遂げるべく、リフレッシュした身体《からだ》でダンジョンを突き進んでいった。

*

「……あ」

「浅層はこれでクリアかな」

迫り来るモンスターをひたすらなぎ倒してしばらく経った頃。

ギルドで購入した地図に従って進んでいた僕とアリシアは、地下深くへと続く巨大な縦穴に辿《たど》り着いた。

地図によれば、ここが浅層と呼ばれるエリアの終着点。

ここから先はモンスターのレベルも販売されている地図の値段も大きく上がり、そう簡単に攻略できなくなるとのことだった。

「よし、それじゃあ今日はここまでにしよっか。スキル〈現地妻〉」

僕は中層へと続く縦穴から少し離れた脇道に身を隠してから、瞬間移動スキルを発動させた。

このダンジョンに潜る前、アリシアには〈現地妻〉で宿の寝室から浴室へと移動してもらっている。なのでここで再び〈現地妻〉を発動させれば、アリシアは「元いた場所」である宿の寝室へと移動できるのだ。

あとはそれを追って僕が瞬間移動すれば、ダンジョンからの帰還は完了。

僕が明日また〈現地妻〉を使えば、またここからダンジョン攻略をスタートできるという寸法だった。

ちょっと……というかかなり反則臭いけど、僕たちのレベルを考えると浅層でモンスターを相手にするのは時間の無駄。

ショートカットできるならショートカットして、手っ取り早く下層や深層で戦えるようにするのが先決だった。

そんなわけで僕は遠慮なく〈現地妻〉を発動させ宿に帰還。

装備を解いて、緊張していた身体《からだ》を緩《ゆる》めるように息を吐いた。

「ふー。男根剣を使わずに戦ったのは久しぶりだけど、いい運動になったね」

「……うん。弱いモンスターばっかりで、倒した数のわりにレベルはそんなに上がってないけど……エリオと思いっきり戦うのは楽しかった」

モンスターの巣窟《そうくつ》から宿へと一瞬で戻ってきた僕たちは表情を緩めてお互いに労《ねぎら》い合う。

ああ、なんだか普通の冒険者っぽくてほっとするなぁ。

なんて思っていたところ、

「……さて、それじゃあ」

「え？　アリシア？　なんで装備だけじゃなくて服まで脱いで……？　ちょっ、どうして僕の服まで脱がせるの⁉」

「……？　夜はたくさん仲良しする約束……」

「いやそうだけど！　今日はダンジョン内でたくさん仲良ししたんだから少し控えめにしようよ！　まだ晩ご飯も食べてないし！　ね？」

「……お昼の仲良しは別腹。それに」

アリシアは僕を部屋の浴室へと引きずり込みながら、

「……ただでさえステイシー《あの人》のせいでムラムラが続いているのに……今日はたくさんモンスターと戦ったせいか……すっごく身体が火照《ほて》ってるの……」

「え、ちょっ、なにそれ、アリシア待っ……ア――――――――ッ!?」

……僕は本当にこの街でアリシアをレベルアップさせていいのだろうか。

そんなことを考えながら、僕は今日もアリシアとガッツリ絆を深めるのだった。

アリシア・ブルーアイズ　ヒューマン　〈神聖騎士〉レベル47
所持スキル
身体能力強化【極大】Ｌｖ７　剣戟《けんげき》強化【大】Ｌｖ５
周辺探知Ｌｖ８　ケアヒールＬｖ４
神聖堅守Ｌｖ３　魔神斬りＬｖ２

▼第3話　ようやくまともなダンジョン攻略

女帝ステイシーさんと〈主従契約〉を結んでしまってからしばらく。

僕とアリシアは〈現地妻〉によるショートカットを駆使し、連日にわたってダンジョンを攻略しまくっていた。

普通、大ダンジョンの攻略には膨大《ぼうだい》な時間がかかる。

地図だけでは判然としない地形の把握。

実際に戦ってみなければわからないモンスターの特性攻略。

特に行き帰りにかかる時間とそれに伴う物資運搬はかなりの負担で、高レベルの聖騎士でもそれなりの準備をしなければ大ダンジョンの深層探索は難易度が高い。ダンジョンからの帰還アイテム、大容量アイテムボックスなどは必須。浅層でいかに時間と物資の損耗なく進めるかが重要視されているくらいだ。

レベルが上がれば身体能力やスキルだけでなくスタミナも強化される。上位の冒険者ともなれば数日の絶食も可能で、ダンジョンにも少ない物資で長く潜っていられるけれど、それだけでは踏破しきれないほどに大ダンジョンとは広大なのだ。

けど僕とアリシアに限ってはそういった攻略セオリーを気にする必要はまったくなかった。

なぜなら僕には、（スキル名以外）優秀なスキルが数多くあったからだ。

「よし、じゃあ今日のダンジョン攻略はここからだね」

「……うん」

サンクリッドダンジョン、地下四十五階層。

〈現地妻〉による瞬間移動能力で昨日辿《たど》り着いた場所へ一瞬で戻ってきた僕とアリシアは、気力も体力も万全な状態でダンジョン攻略を再開した。

普通なら僕たちのレベルでも地上からここまでくるのにそれなりの時間と体力を消耗し、大した経験値にもならないモンスターばかり相手どることになっただろう。けど〈現地妻〉を応用すればそんな非効率ともおさらば。

「やあああああああああっ！」

「「「ガアアアアアッ!?」」」

万全状態の僕たちは迫り来るモンスターをなぎ倒し、四十五階層をスタート地点にしてダンジョンを突き進んでいく。

ここまでくるとモンスターの平均レベルも70程度に上がっており、魔力体力だけでなく武器の消耗もそれなりに大きい。けれど当然、そうした問題も僕たちにとっては些細《ささい》なことだ。

「アリシア！　完全に使い潰《つぶ》しちゃう前にこれ、代わりの剣！　ついでに魔力ポーションも早めに飲んどこう！」

「……うん、ありがとうエリオ」

階層を新たに三つ下りたところで、僕はヤリ部屋から予備の剣とポーションを取り出した。

僕も男根剣の代わりに使っている剣の消耗が激しかったため予備に切り替え、それから改めてダンジョンを進んでいく。

僕のヤリ部屋にはいま、大量の物資が保管されていた。

水や食料、高級ポーションの類《たぐ》いはもちろんのこと。

僕とアリシアの予備武器も何十本という単位で突っ込まれているのだ。

その量はかなりのもので、僕とアリシアの二人だけなら何十日も連続でダンジョンに潜っていられるほど。

これだけの量をそろえるにはもちろんかなりの資金が必要になったわけだけど……それもまたヤリ部屋生成スキルのおかげで解決できた。

ヤリ部屋は人が直接入らなければ、ただの大容量アイテムボックスだ。

なので倒したモンスターをそのまま放り込み、あるいは希少部位だけ放り込み、普通は到底持ち帰れない量の素材をギルドに納品できたのである。

普通、それだけ大量の素材を一気に納品すれば怪しまれるし、悪目立ちしてしまう。

けれどその問題はアリシアが支配下に置く女帝旅団の権力によって解消された。

この街のギルドは三大旅団にこれでもかと牛耳られているため、女帝旅団の息がかかっている職員に言って素材を処理してもらえば、悪目立ちすることなく素材を納品できるのだ。

これは教会から身を隠すために目立つ真似《まね》はしたくないと思っていた僕たちにとって僥倖《ぎょうこう》だった。

僕たちの存在を隠したままお金を稼げるし、なによりギルドへの素材納品は冒険者ランクを上げるための実績になったから。

加えて、実は僕はいまレベルアップしたおかげで分裂できる男根の数が地味に増えていた。

そのため商人のルージュさんから入ってくる男根上納金もさらに増えており、僕とアリシアの力に耐える剣を大量に入手することもできたのだった（さすがにウェイプスさんから譲ってもらった剣に比べればランクは下がるけど）。

そんなわけでダンジョン攻略の準備は万端。

短期間の間にレベルの高いモンスターひしめくダンジョンで大量の戦闘経験を積み、僕とアリシアはぐんぐん腕を上げていった。

そうして僕たちが本格的なダンジョン攻略を始めてから二週間ほどが経った頃。


「ここが六十階層の門番部屋か……」

「……三十階層で見たのより、ずっと大きいね」

僕たちは遂にその場所へと辿《たど》り着いていた。

ダンジョンには俗に「門番」と呼ばれるモンスターが出現する。

それは往々にしてダンジョンの最奥で核を守るように出現するダンジョン内最強のモンスターのことを指すのだけど、サンクリッドのような大ダンジョンにはこれが道中に複数出現するのだ。

三十階層で遭遇した「門番」は、レベル150のブラックオーガジェネラルという巨大な人型モンスターだった。

そしてここ六十階層で出現するのはステイシーさんいわく——

「ガアアアアアアアアアアアアアアアアアアッ！」

「「……っ！」」


僕とアリシアが門番部屋に足を踏み入れた途端、巨大な咆哮《ほうこう》がダンジョン内を揺らした。

そこで僕たちを待ち受けていたのは、

「これがレベル250の青龍か……！」

モンスターの王とも称される龍種。

輝く鱗《うろこ》に身を包んだ怪物が、好戦的な瞳で僕らを見下ろしていた。

▼第4話　ボスラッシュ

「ガアアアアアアアアアアアアアアアアアッ！」

凄《すさ》まじい威圧感だった。

モンスターの中でも最上位に君臨する龍種。それもレベル250ともなれば、鑑定系のスキルを使うまでもなく凄まじい力の持ち主であるとわかる。

けれど、

「いまの僕なら、十分に戦える！」

ここ二週間のダンジョン攻略で、少しではあるが僕のレベルも上がった。

戦闘経験も積み、確実に自分が強くなっているのを感じる。

だから僕は自分の全力を試すように股間《こかん》から男根を引き抜き、怯《ひる》むことなく青龍へと突っ込んでいった。

それと同時に、この戦いではひとまず後衛に徹するべきと瞬時に判断したアリシアが魔力を練り上げる。発動するのは、アリシアがここ二週間のダンジョンアタックで入手した新たなスキルだ。

「……スキル〈自動回復付与〉」

「ありがとうアリシア！」

アリシアが発動してくれた支援スキルにお礼を言いつつ、僕は青龍へと斬りかかる。

アダマンタイトの切れ味を誇る変幻自在の男根剣だ。

けど、

ガギン！

「っ！　事前の情報通り、いや、それ以上に硬い……魔法防御か！」

僕の男根剣は龍の鱗《うろこ》にいとも容易《たやす》く弾き返された。

と同時に、攻撃を受けた青龍が「ガルルルルルッ！」と怒《いか》りに満ちた瞳で僕を睨《にら》み、

「ゴアアアアアアアアアアアッ！」

「っ！」

その口から青い炎を噴き出した。

門番部屋の気温が一気に上昇する。

その火勢は凄《すさ》まじく、ともすればステイシーさんの魔法攻撃以上の威力。

けど——僕にはステイシーさんとの戦いで体得した力がある。

「男根剣——タイプ・オリハルコン！」

魔法の力を弾く特殊鉱石、オリハルコンと化した男根。

それを目一杯分厚《ぶあつ》くして火炎砲撃から身を守ると、僕はさらにスキルを発動させた。

いままではレベルが足りなかったせいで実現できなかった合わせ技。

僕は枝分かれさせた男根を両手に握ると、それぞれを別の状態に変化させた。

「男根二刀流——男根剣・煌《こう》！　オリハルコン！」

左手に魔法攻撃を弾く男根の盾を。

右手にすべてを焼き尽くす灼熱《しゃくねつ》の男根を。

それぞれ構えた僕は青龍へ対峙《たいじ》し、

「勝負だ！」

「ガアアアアアアアアッ！」

再び灼熱の息を吐く「門番」へと突っ込んだ。そして——ぐしゃあああ！

男根の盾で火炎を完全に防ぎきった僕は、灼熱の男根剣で青龍の首を焼き切っていた。

「よし……っ！　豪魔結晶ありでも魔力消費がかなり激しいけど……このくらいの相手なら安定して勝てる！」

青龍のまき散らす膨大《ぼうだい》な魔力には正直圧倒されたし、火炎の余波でところどころ軽い火傷《やけど》はあった。けどそれもアリシアの〈自動回復付与〉のおかげですぐに回復。終わってみればこちらの圧勝だった。

加えて嬉しいことに、

「この鱗、青龍が死んでも魔力を帯びたままだ。魔力なしでもかなり頑丈そうだし……これなら……！」

以前、鍛冶《かじ》師のウェイプスさんが言っていた聖騎士向け魔法武器の材料になるかもしれない。

予想外の収穫に嬉しく思いながら、僕はアリシアとともに仲良く解体した青龍をヤリ部屋へと放り込んでいった。

「……エリオ、凄《すご》い……また強くなってる。押し倒せるようになるにはまだ時間がかかるかな……ひとまずこの門番モンスターを私だけで倒せるくらいは強くならないと……ふんす」

なんだかアリシアがまたちょっと怖いことを呟《つぶや》いていたけど、ま、まあやる気になってくれるのはいいこと、かな……？

そう思いながら、青龍の回収を終えたあと。

「さて、それじゃあ今日のところはもう帰還するだけだけど……ワープ位置は門番部屋の奥に設定しておいたほうがいいかな？　また青龍と戦うのは少し面倒だし」

門番部屋では冒険者が立ち去ったあと、かなり短いスパンで門番モンスターが復活する。

なので僕は明日からのダンジョン攻略がよりスムーズに始められるよう、青龍を倒したことで開いた扉——門番部屋から少し進んだ場所で〈現地妻〉を発動させようとした。

そのときだった。

僕とアリシアのものではない。第三者の声が聞こえてきたのは。

「あれ……？　どうしてこんな場所に、人がいるんでしょうか。しかもたった二人なんて」

「っ!?」

その綺麗《きれい》な声に、僕とアリシアは飛び上がるほど驚いた。

なにせここは六十階層。それも門番部屋を越えたエリアだ。

兵站《へいたん》などの理由から女帝旅団をはじめとした三大旅団トップ層でもおいそれと潜ってこれない領域であり、人がいることなどまずあり得ないことだったから。

それになにより不可解なのは、

「……おかしい……周辺探知には……なにも引っかかってなかったのに……！」

アリシアが驚愕《きょうがく》の声を漏らす。

そう、その声の主は、〈神聖騎士〉であるアリシアの索敵をすり抜けたのだ。

そうして六十階層でたった一人、佇《たたず》んでいたのである。

一瞬、精霊かなにかかと思った。

こんなダンジョンの奥底にたった一人でいるなんてあまりにも非現実的だったし、なにより
その声の主が、あまりにも綺麗な少女だったから。

けどすぐに精霊でも魔族でもないと思い至る。

なぜならその少女には狼の耳と尻尾《しっぽ》が生えていたのだ。

狼の獣人。狼人《ウエアウルフ》だ。

「君は一体……」

何者なんだ。

思わずといった様子で、僕は六十階層で出会ったその少女へ訊《たず》ねる。

すると少女は「……私？」と小首を傾《かし》げて答えを口にした。

「私はソフィア。ソフィア・バーナード」

「ソフィア・バーナード……って、え!? まさか、戦姫ソフィア!?」

それって確か、三大旅団の一角、戦姫旅団のトップじゃあ……!?

そうして僕とアリシアが再び驚愕《きょうがく》していたところ、

「あ……間違えた。普通に名乗ってしまいました。ここに私がいることは、あまり知られたくなかったのに」

ソフィアさんは人形のように乏しい表情のままボソボソとなにか呟《つぶや》く。

そして次の瞬間、僕たちを真《ま》っ直《す》ぐ見据え、

「……仕方ない。もう面倒ですし……殺しちゃいましょうか」

「「っ!?」」

戦姫ソフィア・バーナード。十八歳。

史上最年少でサンクリッド三大旅団の一角を支配するに至ったといわれる天才冒険者が、腰にぶら下げていた二本の短刀をゆっくりと引き抜いた。

▼第5話　食欲の強い女の子は性欲も強いらしいですね

（な、なんなんだいきなり⁉）
戦姫ソフィアの暴挙に、僕もアリシアもとっさに武器を構えて応戦の姿勢を取る。
が……正直なところ、ここでソフィアさんと戦うのはできれば避けたかった。

エリオ・スカーレット　ヒューマン　〈淫魔《いんま》〉レベル255
所持スキル
絶倫Ｌｖ10　主従契約（Ｌｖなし）
男根形状変化Ｌｖ10　男根形質変化Ｌｖ10
男根分離Ｌｖ８　異性特効（Ｌｖなし）
男根再生Ｌｖ８　適正男根自動変化（Ｌｖなし）
現地妻（Ｌｖなし）　ヤリ部屋生成（Ｌｖ１）
精神支配完全無効（Ｌｖなし）　？？？？

アリシア・ブルーアイズ　ヒューマン　〈神聖騎士〉レベル70
所持スキル
身体能力強化【極大】Ｌｖ８　剣戟《けんげき》強化【大】Ｌｖ８

周辺探知Ｌｖ10　　　　ケアヒールＬｖ４
神聖堅守Ｌｖ４　　　　魔神斬りＬｖ２
自動回復付与Ｌｖ２

いまの僕たちは決して弱くはない。

ここしばらく続けていたダンジョン攻略でアリシアのレベルもかなり上がっているし、純粋な剣技や連携も上達している。大抵の相手には負けない自信があった。

加えて僕の最大武器、変幻自在の男根を振り回せば高レベルモンスターの大群だって怖くはない。

けれど、

（こんなダンジョンの奥底にたった一人で……それもまったくの無傷で到達してるなんて尋常じゃない……！）

二本の短刀を構えたソフィアさんを見て、僕は改めて戦慄《せんりつ》する。

動きやすさを重視したらしい露出度の高い軽装。

そこには傷どころか汚れさえほとんどついておらず、彼女がモンスターに一発の攻撃もかすらせることなくここまで到達したことは明らかだった。

身体《からだ》に受けた傷ならポーションで回復できるけど、装備がまったく汚れていないというのはつまりそういうことだ。

ここに到達するまでに、ソフィアさんもあの青龍と戦ったはず。

男根剣を使った僕でも軽い火傷《やけど》を負ったというのに、対してソフィアさんはまったくの無傷。僕やアリシアと違って〈現地妻〉でワープしダンジョン攻略を途中からスタートするというズルも使えないはずだから、ソフィアさんは地表からここまで一気に、完全な無傷で辿《たど》り着いたということになる。

さらにソフィアさんはアリシアの〈周辺探知〉にも引っかからなかった。

〈ギフト〉の特性か、それともユニークスキルか。

なんにせよ気配を消すような技能を持っているのは間違いなく、得体の知れない強さを秘めているのは確実。

こっちには〈異性特効〉もあるからそう簡単にやられるとは思わないけど……こんなわけのわからない状況で戦うのは得策とは思えない。

こうなったら隙を見て〈現地妻〉を発動させて逃げるのがベストか……と、ソフィアさんの出方を窺《うかが》っていたときだった。

「……来ないなら、こっちからいきますね」

「っ！」

言って、ソフィアさんが本物の狼のように身をかがめて突撃態勢をとる――次の瞬間。

グウウウウウウウウウウウウウギュルウルルルルルルルルルウ!!

ダンジョン内に、地鳴りのような低い音が響き渡った。

え？　なにこれ？　と僕とアリシアが困惑していると……

「……………………………………………」

両手に短刀を構え、野生の狼のような突撃態勢をとっていたソフィアさんが――人形のような表情のまま赤面していた。

「「……」」

気まずい空気が流れる。

それから誰も言葉を発さない時間がしばらく続いたあと、僕は意を決して口を開く。

「あの……もしかしてお腹空いてます？」

「……空いてません」

グギュルルルルルルルルルゴゴゴルルルルルルルッ！

「空いてますよね？」

「……空いてません」

グルルルルルルドピュゴゴゴゴゴゴッ！


ソフィアさんは僕から目を逸《そ》らしながら否定する。

けど身体《からだ》は正直なようで、さっきからソフィアさんのお腹からは凄《すさ》まじい音が鳴り続けていた。そこで僕はヤリ部屋に手を突っ込み、

「お腹が空いてないならいいんですけど……よかったらそこのセーフエリアで一緒にこれ食べます？」

異空間からできたてほやほやの具沢山スタミナシチュー（街でも有名な食事亭の看板メニュー）を大量に取り出した。その瞬間、

「……え」

やっぱり身体は正直というやつだろうか。

両手に武器を持ったままの姿勢で固まったソフィアさんの狼耳がピンと隆起し、腰から生えた尻尾《しっぽ》がぶんぶんぶんぶんぶん！　と凄まじい勢いで揺れていた。

▼第6話　仲良し（※隠語ではない）

アイテムボックス系のスキルやマジックアイテムの利点はいくつかある。

本来なら運搬にかさばるものや破損に気をつけなければならないものを簡単に運べること。

収納したものの劣化や風化がその時点で停止すること。

収納したもの同士が干渉しないこと等々だ。

これは鮮度が大事な素材や毒持ちモンスターの素材の収集なんかに重宝するといわれているのだけど、広大なダンジョン探索においてはもっと重宝される利点があった。

お店でしか食べられない料理をダンジョン内でもたっぷり堪能《たんのう》できることだ。

ただ、普通はアイテムボックスに結構シビアな容量制限があるため、入れておける料理なんてたかが知れている。ストックしておける料理は一、二食分がせいぜいだろう。それを消費してしまえば、あとは栄養重視でかさばらない固形保存食をもそもそと食べるだけだ。

けど僕のヤリ部屋は違う。

Lvを上げるまでもなく最初から凄《すさ》まじい容量があるため、素材をたくさん収集しながら、お店で大量購入した料理をたっぷり収納しておけるのだ。

ストックしてある料理は量だけでなく種類も様々。

グレートベアの香草焼きに厚切りベーコンピザ、ケーキに紅茶など、ダンジョン探索で疲れた心身を癒やすスタミナ飯や嗜好品《しこうひん》が一通りそろっていた。

ブン
ブン

そしてそれらを眼前に並べられた戦姫ソフィアさんは――、

「………………っ！　……っ！　美味《おい》しい……！」

ぶんぶんぶんぶん！

これでもかと尻尾《しっぽ》を振り、一心不乱《いっしんふらん》にそれらの料理を貪《むさぼ》っていた。

ここは門番部屋の前後に必ず存在する広間。

門番モンスターの匂《にお》いや気配が充満しているせいでほかの通常モンスターが近寄らず、ダンジョン攻略を行う冒険者たちからは俗にセーフエリアと呼ばれていた。

偏向した魔力の影響なのか水も流れ込んでいるため、休憩にはもってこいの空間だ。

そしてそんなセーフエリアの隅に座り、僕とアリシア、そしてソフィアさんは、仲良く食卓を囲んでいた。

「デザートもあるけど、食べます？」

「……いいんですか？」

「たくさんあるので。遠慮せずどうぞ」

「……凄《すご》い……ダンジョン内でこんな……信じられない……」

いくら無傷でダンジョンを駆け抜けられる実力があっても、食料に関しては一人でカバーしきれなかったのだろう。最初こそ毒でも警戒するかのように料理の匂いを嗅《か》ぎまくっていたソフィアさんだったけど、なまじ鼻がいい狼人なだけにできたて料理の香りに一瞬で陥落。

シチューに続けて僕がデザートを取り出すと、ソフィアさんは目を輝かせてお皿にがっついた。神秘的な見た目と雰囲気に反してかなりお行儀が悪いけど……これだけ喜んでもらえるとこちらも無性に嬉しかった。さっきまでの一触即発《いっしょくそくはつ》な雰囲気は完全に霧散している。そうして僕とアリシアが一人分の食事を終える間に五人分ほど平らげたソフィアさんは紅茶を口にしながら満足げに息を吐いた。

「……お腹いっぱいです」

「そうですか。ならよかった」

その満腹っぷりがなんだかとても微笑《ほほえ》ましく、僕は思わず笑いながら食器をヤリ部屋の中へ放り込んでいく。するとソフィアさんは紅茶をちびちび飲みながら、

「……どうして」

「え？」

「……どうして、こんなダンジョンの真ん中でご飯を分けてくれたんですか？　……満腹になってから言うのも、なんですけど」

「いや、そりゃあれだけお腹空かせてたら、ご飯くらい分けますよ。ストックはたっぷりありましたし。ダンジョン内は危険なんですから、所属が違っても冒険者同士はできるだけ助け合わないと」

少しだけ頬《ほお》を赤らめて訊《たず》ねてくるソフィアさんに正直に答える。

まあ正直、なんとなく戦いを避ける口実ができたからというのもあったけど……そうでなくても間違いなく食料は分けていたので嘘《うそ》じゃない。

「……」

と、僕の答えを聞いたソフィアさんはなぜかぽーっとした様子で僕を見上げ、

「……そんな理由でこんなに美味《おい》しいご飯を分けてくれるなんて……神様ですか……？」

「あはは、そんな大げさな」

僕は苦笑しながら頭を掻《か》く。

と同時に、出会った当初よりずっとソフィアさんとの距離が縮まった気がして、僕はそれまでずっと疑問に思っていたことを口にした。

「ソフィアさんこそ、こんなところでなにをしてたんですか？　旅団の頭領一人でダンジョンの深層に潜るなんて珍しいと思うんですけど」

普通はどんな実力者でも、イレギュラーに備えてパーティを組むのが普通だ。

それなのにたった一人で、しかも出会い頭に戦闘を仕掛けてくるなんて一体どんな事情があるのか。

「……はっ」

と、僕の質問を聞いたソフィアさんが人形のような無表情のまま、耳と尻尾《しっぽ》をビンビンに勃《た》たせ、

「……そうだった……こうしてのんびりしている時間はないんでした……」

言って、凄《すさ》まじい勢いで立ち上がる。

「……すみません。私にはやらなければならないことがあるので。……お暇《いとま》させていただきます」

「え!? ちょっ、ソフィアさん!? そんな急に……というか本当に一人で大丈夫なんですか!? ここまで無傷の人には無用な心配かもしれませんけど、この先はまたモンスターのレベルも上がるんですよね!?」

ダンジョンのさらに奥へ一人で向かうソフィアさんに慌てて声をかける。

けどソフィアさんは人形のような表情のまま、

「……問題ありません。帰還用のアイテムもありますし。私は強くなりましたから、一人でも平気なんです」

言って、ソフィアさんは狼の尻尾をぶんぶん振りながら、

「……でもご飯を分けてもらった恩は忘れません。近いうちに必ずお返ししますね」

食事の片付けをする僕たちが止める間もなく、ダンジョンの奥へと走っていってしまうのだった。凄まじい速度で。

「な、なんだったんだろう……」

なんだか色々と不思議な……というか不可解な人だった。

でもなんだろう。

変わった人だし、出会い頭に殺すとかなんとか言ってたけど……なんとなく悪い人には見えなかった。

戦姫旅団といえば、かつて商人のルージュさんが女帝旅団と並んで気をつけるよう忠告してくれた旅団のはずなんだけど……ソフィアさんがそこのトップというにはどうにも違和感があるのだった。

と、僕がダンジョンで出会った少女について首を傾《かし》げていたところ、

「ふー♥　ふー♥」

「えっ、ちょっ、アリシア!?」

それまで静かにしていたアリシアが突如として発情していた。

人なつっこい犬のように頬《ほお》を擦《こす》りつけてきて、辛抱ならんとばかりに荒い息を吐いている。

一体どうしたんだと思っていると、

「……たくさんモンスターをやっつけて、スタミナシチューをたくさん食べて、そのうえエリオがスタイルのいい美人さんと仲良くしてるのを見たら……凄《すご》く興奮してきちゃった……」

「ちょっ、アリシア！　いくらモンスターが来ないセーフエリアだからって、ここダンジョンだから！　ダンジョンだから！」

「……レベルも上がったし、体力がすごく有り余ってる……今日は夕ご飯を食べるのも早かっ

たし……夜は長いよね……♥」

「わーっ!?　ちょっ、アリシア落ち着い――ダメだこれ！　〈現地妻〉発動！」

そうして僕は慌てて〈現地妻〉を発動させ、宿に帰還。

その後もソフィアさんのことが少し気になっていたのだけど……スタミナメニューで精をつけた上にレベルアップで体力の増したアリシアにこれでもかと搾《しぼ》り取られ、難しいことはまったく考えられなくなってしまった。

＊

「…………変わった人たちだったな。エリオールさんと……女の子のほうは、アリィさんっていったっけ」

ダンジョンの奥深く。

モンスターたちの隙間を瞬《またた》く間にすり抜け、あるいは一瞬で急所を貫きながら突き進む影があった。わずか十八歳にして戦姫旅団のトップを勝ち取った怪物、ソフィア・バーナードその人だ。

ソフィアは機嫌良さげに狼の耳と尻尾《しっぽ》を揺らしてダンジョン内を突き進みながら、ほんのかすかに温かな感情がこもった声を漏らす。

「冒険者なのに、凄く優しかった。あの二人となら、仲良くできるのかな……」

そうしてソフィアは、自分でも気づかないほど小さな笑みを浮かべながら思索にふける。

それからしばらくしたのち、ソフィアはぽつりと呟《つぶや》いた。

「………うん、そうだ。そうしよう。この街を滅ぼすとき、あの二人だけは助けてあげよう」

その両の瞳がこの世のものとは思えない光を宿し、ダンジョンの薄闇の中で爛々《らんらん》と輝いていた――……。

*

一方その頃。

「姐《ねえ》さん！　いるんでしょう姐さん！」

女帝旅団の本拠地。

頭領であるステイシー・ポイズンドールの私室の前で大声を張り上げる見目麗《みめうるわ》しい女性がいた。

自他ともに認める女帝旅団の実質的ナンバー2、リザ・サスペインだ。

豹《ひょう》の耳と尻尾《しっぽ》を生やした荒々しい雰囲気の獣人で、抜き身の刃のような性格は旅団構成員たちからも恐れられていた。

しかし――そんな彼女の整った相貌《そうぼう》はいま、困惑に大きく歪《ゆが》んでいた。

なぜなら、

「どうしちまったんですか姐さん！　あんなガキどもの言いなりになって肩入れしまくるわ、違法なシノギは禁じるわ！　一体なにがあったってんです！」

そう。旅団のトップ、泣く子も黙る女帝ステイシーの様子がおかしいのだ。

まだ駆け出し冒険者二人の言いなりで、その理由も明かさない。

旅団トップの命令は絶対ということでしばらく大人しく言うことを聞いていたが、何事にも限度がある。ゆえにリザは副官として問い詰めに来たのだが、

「……別になにもないわ。いいからあなたたちは私の言うことを聞いていなさい」

返ってくるのはそんな言葉だけ。

しまいには「これ以上しつこいようなら実力行使に出てもいいのよ」というステイシーの低い声にリザは言葉をなくしてしまう。

そうして部屋から追い返されながら、リザは低く喉《のど》を鳴らした。

「あいつらのせいだ……」

思い浮かべるのは、あの日女帝旅団の本拠地にのこのこやってきた二人の子供。

「あいつらが来てから姐さんはおかしくなっちまった……どんなカラクリか知らねえが、とにかくぶっ殺して姐さんを元に戻してやる……！」

鋭い瞳をギラギラと光らせ、豹《ひょう》獣人リザ・サスペインはその整った相貌《そうぼう》を殺意に歪《ゆが》めた。

▼第7話　魔法武器注文と雌豚フラグ

サンクリッドダンジョンの奥深くでソフィアさんと出会った翌日。

僕とアリシアは〈現地妻〉を使い、蟻の女王レジーナを介して城塞《じょうさい》都市へと戻ってきていた。

教会から〈神聖騎士〉であるアリシアが追われているいま、どうしてわざわざサンクリッドを出て城塞都市に戻ってきたのかといえば――優秀な武器職人である女鍛冶《かじ》師、ウェイプスさんにアリシア専用の魔法武器を作ってもらうためだった。

ウェイプスさんは城塞都市にその名を轟《とどろ》かせる職人気質《かたぎ》な女性で、彼女の作る武器は武家貴族出身の僕らから見ても破格の完成度。その腕はダンジョン都市の鍛冶師たちをも凌駕《りょうが》していて、彼女から譲ってもらった武器はいまでも僕たちの愛用品になっていた。

けどそんな優秀な武器も急成長する〈神聖騎士〉の力には長く耐えられないとウェイプスさんは睨《にら》んでいて、不壊属性の魔法武器を早めに作るよう前々から忠告されていたのだった。

そしてそのためには多額の費用と特殊な素材が必要だといわれていたのだけど……この課題は意外にも早くクリアできつつあった。

まず資金のほうだけど、男根売買の利益とダンジョン攻略による素材売却でかなり稼ぐことができていた。

男根売買は僕自身のレベルアップと男根分離スキルのLv上昇により売れる本数が増えていて、それに伴い利益もあがっているのだ。

加えて、ダンジョン攻略による素材売却利益がかなり大きい。

僕たちの成長と〈ヤリ部屋生成〉スキルによって短期間に大量のモンスター素材を地上に持ち帰り、女帝旅団の協力でそれらを怪しまれず売ることができる。そのおかげでかなりの利益が出ており、魔法武器の生成を依頼できるほどの蓄えができていたのだ。

そして昨日のダンジョン攻略で討伐した門番モンスター〝青龍〟。こいつの素材があれば不壊武器の生成も可能なのではないかと、ウェイプスさんに改めて相談しに来たというわけだ。

アリシアまで城塞都市にワープしてしまうと〈現地妻〉でダンジョン内へワープすることができなくなっちゃうんだけど……まあいまの僕たちならすぐにダンジョン深層に辿《たど》り着けるし、武器を作ってもらうアリシア本人が武器屋に来ないわけにはいかないから仕方がない。

「すみませーん！　ウェイプスさーん、武器のことでちょっと相談がーっ」

そんなわけで、僕はボロボロの看板を掲げた小さな武具屋の中へと呼びかける。

するとーードンガラガッシャン！

「おごおっ♥!?」

「っ!?」

店の奥からなにかが盛大に転がるような音と、ウェイプスさんのものらしき悲鳴が聞こえてきてギョッとする。

「ウェイプスさん!? どうしたんですか、大丈夫ですか!?」

なにがあったのかと慌てて店の奥に入ろうとする。

が、その瞬間、心底慌てたようなウェイプスさんの声が僕とアリシアを押しとどめた。

「その声エリオールか!? ちょっ、なんでもねえから入ってくんな! ああくそっ、客なんて滅多に来ねえから油断して一人遊びしてたらいきなり……ぐっ、びっくりして奥の奥まで挿入《はい》っちまった……早く抜かねえと今度こそエリオールが入ってくる――おほぉ!?♥」

「……?・?・?」

なんだかよくわからないけど、やたらと必死なウェイプスさんの声に従いその場で立ち止まる。それからアリシアと二人、店先で立ち尽くしていると、

「よ、よぉ。久しぶりじゃねえか。ルージュからは拠点をよそに移したって聞いてたが、急にどうしたんだよ」

鍛冶師《かじ》のウェイプスさんがひょこっと店の奥から顔を出した。

けど……なんだかその様子が少しおかしい。

なんだか急いで服を着たように着衣が少し乱れていて、心なしか息も荒い。

褐色の肌はついさっきまで運動していたかのように紅潮していて、汗ばんだ首筋に黒髪が張り付いていた。

「あの、ウェイプスさん？　本当に大丈夫ですか？　体調が良くないみたいですけど、もしそうなら出直しますよ？」

「え、あ、いや、なんでもねぇよ別に！」

ウェイプスさんは顔をさらに赤くしてそう言うけど、本当に大丈夫なんだろうか。

「……くっ、試供品の品質チェックに協力してくれた礼ってことでルージュのヤツからあの妙な生ディルドを格安で買い続けたのが失敗だった……！　いくら客が来ねえからって昼間から盛って、純粋なガキどもにこんな姿を見せることになっちまうなんて……っ。前に肌つやの良さを指摘されたときには使用頻度を下げようって思ってたっつーのになんでこんな……っ」

ウェイプスさんがなにやら自己嫌悪に陥ったようにぶつぶつと独り言を漏らす。

けど次の瞬間にはなにかを誤魔化《ごまか》すように、

「ああもうあたしのことはいいんだよ！　で、今日はなにしに来やがった!?」

「え。ああ、ええと、前に相談してた魔法武器についてなんですけど」

ウェイプスさんの名誉のためにもあまり詳しく掘り下げないほうがいいのかもしれない。

僕はなんとなくそう直感し、ウェイプスさんに青龍の素材を手渡すのだった。

「てめぇらがワケあり冒険者ってのは知っちゃいたが……どうやったら〈ギフト〉を授かったその年に青龍の素材なんて入手できんだよ……聖騎士連中の武器を作ったこともあるあたしの鍛冶師人生の中でも数えるほどしかお目にかかったことのねえ希少素材だぞ」

僕がお店に持ち込んだ素材を見て、ウェイプスさんが愕然《がくぜん》と言葉を漏らす。

それからしばらく素材の状態チェックに夢中になっていたウェイプスさんに、僕は恐る恐る訊《たず》ねた。

「それで、どうでしょうか。不壊武器のほうは作れそうですかね？」

「バカ言ってんじゃねえ！」

ウェイプスさんはギラギラと目を光らせながら声を張り上げた。

「こんだけの素材がありゃあ、不壊武器を作るにゃ十分すぎる！　問題は資金のほうだが、こんな状態のいい青龍素材を大量に持ってくるくらいだ。金もしっかり用意してんだろ？」

「は、はい！　もちろんです！」

不壊武器を作れるというウェイプスさんの言葉にほっとしつつ、僕は予算のほうを告げる。

するとウェイプスさんはぎょっとし、

「特殊素材調達用の頭金がありゃあ、あとはローンでよかったんだがな……想定してたのと桁《けた》が一つ違いやがった……。まあいい、さすがはあたしが見込んだ冒険者コンビだ！　そんだけあるなら十分すぎる。久々に作ってやろうじゃねえか、英雄ども御用達の魔法武器ってやつをな！」

「よろしくお願いします！」

「……お願いします」

熱意のこもったウェイプスさんの宣言に僕とアリシアが頭を下げる。

それからアリシアの体格にあった武器が作れるよう細々とした採寸が行われ、ウェイプスさんへの魔法武器生成依頼は無事に完了するのだった。

「完成予定は一週間後かぁ。最初にウェイプスさんにもらった〈風切り〉も凄《すご》い名刀だったけど、魔法武器となるとどれだけ凄いか想像できなくて楽しみだね」

「……うん。不壊武器《聖剣》は王都の聖騎士の人たちが装備してるのをよく見たけど、実際に握ったことはないから楽しみ。それに……」

「うん？」

「……エリオからのプレゼントだから、凄く嬉しい」

「そ、そっか。そういえばちゃんとした贈り物をしたことってなかったから、なんか照れるね」

ウェイプスさんへの依頼を終えたあと。

僕とアリシアはダンジョン都市サンクリッドに戻っていた。

まだ日の高い時間帯だったので、たまにはゆっくりお店で昼食でもとろうと街を散策していたのだ。

「ええと、確かこっちのほうに美味《おい》しいお店があるって噂《うわさ》だったよね？　大通りのほうは人が多いし、ちょっと裏道を通ろっか」

「……うん」

日中のほとんどをダンジョン内で過ごしたとはいえ、この街に来てからそれなりに日数が経っている。宿の周辺なら近道やショートカットもお手の物で、僕とアリシアは人気《ひとけ》のない裏道を慣れた調子で進んでいった。

――そのとき。


「火炎魔法――〈ファイヤーボール・ラピッドカノン〉！」

「電撃魔法――〈ライボルトエッジ〉！」

「剛弓スキル――〈曲射砲〉！」


「「っ!?」」


突如。

僕たちの頭上に一斉砲撃が降り注いだ。

「なんだ!?」

突然の攻撃。しかし僕とアリシアは攻撃の直前に怪しい気配を察知していたこともあり、その不意打ちをどうにか避《よ》ける。

けれど僕たちに降り注いだ砲撃は周囲への被害など完全に無視したもので、周囲の建物が派手に崩落。中にいた人たちが悲鳴をあげて逃げ惑っていた。

一体誰がこんな……!?　と僕とアリシアが武器を構えると同時。

「ちっ、避けやがったか」

「っ」

殺気を振りまきながらこちらに近づいてくる人影があった。

一体誰だと思ってみれば、

「やっぱりただのガキじゃねえな……だが逃がしゃしねえ。ステイシー姐《ねえ》さんがおかしくなっちまったのはどう考えてもてめぇらが原因だ。姐さんの命令なんざ関係ねぇ、絶対にこの場で駆除してやる……！　腑抜けになっちまった姐さんを元に戻して、前みてぇに好き勝手できた女帝旅団を取り戻してやる！」

「あなたは……リザ・サスペインさん!?」

殺意のこもった目で僕とアリシアを見つめていた女性を見て、僕は思わず声を漏らしていた。

リザ・サスペイン。女帝旅団の最高幹部と謳《うた》われるレベル200の〈獰猛《どうもう》戦士〉。

女帝ステイシーさんの懐刀《ふところがたな》にして、女帝旅団最強の強襲部隊〈飛び爪〉を率いる妙齢の豹《ひょう》獣人だ。

その歴戦の戦士が全身に殺意をたぎらせながら――〈飛び爪〉構成員とともに僕とアリシアを完全包囲していた。

▼第8話　女帝旅団メス堕《お》ち完全屈服

「逃げろ！　旅団構成員たちの抗争だ！　巻き込まれるぞ！」

騒ぎに気づいた街の人たちが悲鳴をあげて逃げ惑う。

冒険者たちの抗争はそこまで珍しいものではないらしく、彼らの逃げ足は迅速《じんそく》そのもの。

周囲から速攻で人が消えていくなか、女帝旅団最高幹部リザ・サスペインさんが武器を構えた。両手に装備した長いかぎ爪だ。

「いまだに信じられねえ。サンクリッドの女帝と恐れられたあのステイシー姐《ねえ》さんがこんなガキどもに籠絡《ろうらく》されて腑抜けちまったなんてな。だがてめえらを拠点に誘い込んでから姐さんがおかしくなったのは事実。どんな汚い手ェ使ったか知らねえが、舐《な》めた真似《まね》しやがって。落とし前つけさせてやる！」

「ちょっ、待ってくださいリザさん！　ステイシーさんの件はそっちが先に僕らに害を加えようと――というかこんな街中で暴れるなんてなにを考えてるんですか!?」

いきなりの出来事。

それも周囲の被害を完全無視したリザさんの襲撃に、僕はとっさに話し合いを試みる。

（いやまあ、僕とアリシアが仲良しの末にステイシーさんに〈主従契約〉を結ばせて色々と命

令しているのは事実だから話し合いもなにもないんだけどね！）

が、リザさんは豹獣人《ひょう》特有の柔らかい身体《からだ》を生かした独特の構えを取りながら「黙れクソガキが！」と僕の言葉を断ち切った。

「そうやって姐《ねえ》さんも誑《たぶら》かしたか⁉　はっ、誰がてめえの話なんざ聞くかボケ！」

そしてリザさんは豹の尾を逆立て、僕たちを取り囲む〈飛び爪〉構成員たちに怒声を張り上げる。

「おいてめえら！　これ以上こんなひょろっちいクソガキどもに顎《あご》で使われるなんざ死んだほうがマシだろ！　ガキだからって容赦《ようしゃ》するんじゃねえ、卑怯《ひきょう》な手ぇ使われる前に問答無用でぶっ殺せ！」

「「「ウオオオオオオオオオオオオッ！」」」

瞬間、旅団幹部たちを擁する精鋭部隊が一斉に襲いかかってきた！

「くっ⁉」

冒険者――特にこの街の旅団構成員たちにとっては力がすべてだ。

旅団頭領の代替わりも公開決闘によって行われ、純然たる実力者がトップを務める仕組みになっているという。

頭領の指示が絶対とはいえ、駆け出し冒険者である僕たちを優遇するよう命令された構成員たちに不満が溜《た》まらないわけがなかったのだ。ステイシーさんを介したアリシアの命令で、これまで許されていた横暴を禁止されたのならなおさら。

ましてや自分たちより弱い人間にかしずくなど、この人たちのプライドが許さないのだろう。

つまるところ、旅団頭領であるステイシーさんと〈主従契約〉を結んだだけで女帝旅団全体を完全掌握できるわけがなかったのだ。

だったら――この騒ぎを速やかに終わらせる手はひとつしかない。

「アリシア！　迎撃だ！」

「……ん」

瞬間、僕は股間《こかん》から剣を抜き放つ。

発動させるスキルはもちろん、〈男根形状変化〉と〈男根形質変化〉。

枝分かれしたアダマンタイト製の男棍棒が宙を駆け、こちらに襲いかかる数十人の〈飛び爪〉部隊をなぎ払った。

「「「なっ――があああああああああああっ!?」」」

「っ!?　なんだ!?　魔剣!?」

吹き飛んだ〈飛び爪〉部隊が悲鳴をあげ、リザさんが驚愕《きょうがく》したように叫ぶ。

と同時に、アリシアが駆けた。

「……身体能力強化【極大】」

スキルを発動させ、吹き飛んだ冒険者たちに迫る。

「はっ、バカが！　魔剣には驚かされたが威力がまったく足りてねえな！　誰一人気絶すらしてねえぞ!?　んな状態で突っ込んできて、てめえみてえな小娘が勝てるか！」

僕の男根に吹き飛ばされた冒険者たちがアリシアを見て迎撃の姿勢を取る。

確かに彼らの言うことはもっともだ。

〈飛び爪〉部隊は構成員二千人を誇る女帝旅団の中の最精鋭。

しかもいまは旅団幹部であるレベル100超えの冒険者たちもそこに加わっているのだ。

僕がわざと手加減して吹き飛ばしたこともあり、大きなダメージもない彼らは自信満々で迎撃態勢に移る。けれど、

「……〈剣戟《けんげき》強化〉……〈魔人斬り〉」

「は？　ぎゃあああああああああああああああああああああああああっ!?」

〈飛び爪〉部隊の面々は、全力を解放したアリシアの手で次々と各個撃破されていった。

現在のアリシアのレベルは70。

普通ならレベル100オーバーの冒険者も交ざる精鋭集団には敵《かな》わないだろう。

そう、普通なら。

けど〈ギフト〉には明確な格差があるのだ。

伝説級の〈ギフト〉と称される〈神聖騎士〉が持つ潜在能力は人族の枠をはみ出した代物。

ダンジョン攻略によってレベルが上がり、戦闘経験も積んだアリシアの強さは単純にレベル

だけでは計れないものとなっていた。

加えて、精鋭冒険者が怖いのは個々の強さよりもその連携。

僕の男棍棒によって一度陣形を崩された〈飛び爪〉部隊は本来の実力を発揮する間もなくアリシアに狩られていった。

「さすがアリシア。僕の意図を汲《く》んで、気絶しない範囲で戦闘不能にしてくれてる。男根剣でたくさんの人を気絶しないよう戦闘不能にするのはさすがに難しいから助かるよ。旅団幹部の目撃者がたくさんいないと、またなにかインチキで倒したんじゃないかって疑われちゃうから」

「ああ⁉　な、なんなんだあの小娘は⁉」

アリシアの思わぬ反撃にリザさんが愕然《がくぜん》とした声を漏らす。

けれどその驚愕《きょうがく》も一瞬。

「ぐっ、だがアレならまだあたしのほうが強え！　あの女さえどうにかすりゃ、インチキ洗脳野郎なんざすぐに――」

「させません！」

アリシアに斬りかかろうとしたリザさんを僕が食い止める。

彼女の進行方向に回り込み、男根剣でそのかぎ爪を受け止めたのだ。

「は……⁉　な……んだその速度⁉　それにあたしの攻撃を正面から受け止めるなんざ、この街じゃ獅子王《ししおう》や戦姫くらいしか……⁉」

レベル200の〈獰猛戦士《どうもう》〉が目を見開く。

瞬間、僕が足を振り上げれば――ゴシャアアアアア！

レベル255に達した〈淫魔《いんま》〉の脚力がリザさんの手を思い切り蹴《け》り飛ばし、かぎ爪を遠くへ吹き飛ばした。

「あ……？」

なにが起きたのかわからない様子でリザさんが目を見開く。

だが数瞬後、リザさんは自分の武器を蹴り飛ばされたと理解したようで、

「この……調子に乗るんじゃねえぞクソガキがあああああ！　死にさらせ！　身体強化スキル全発動！〈餓狼突き〉！」

使えるすべてのスキルを持って、僕に必殺の一撃を繰り出した。

僕が待ち望んでいた、全力の一撃を。

「やあああああああああああっ！」

「っ!?　ガアアアアアアアアアアアアアアアアアアアアアアアアアアアアッ!?」

そして僕は男根剣を使うこともなく、真正面からリザさんの全力を叩《たた》き伏せた。

〈異性特効〉も発動したレベル255〈淫魔〉の膂力《りょりょく》。

盛大な破砕音とともにリザさんが地面に叩きつけられ、獣のような悲鳴が響く。

そしてその悲鳴がおさまれば――辺りは沈黙に支配された。

「ええと……」

僕は辺りを見回す。

周囲にはアリシアの手で気絶することなく戦闘不能に追い込まれた〈飛び爪〉部隊の構成員と旅団幹部たちが愕然《がくぜん》とこっちを見ていて、僕は気まずく思いながら口を開く。

「これで、僕たちに大人しく従ってもらえますかね？」

「「舐《な》めた真似《まね》してすみませんでしたああああああああっ！」」

瞬間、旅団構成員たちが一斉に頭を下げる。

その勢いに僕とアリシアが思わずビクッと驚いていると、

「な、なんだよあいつら⁉　本物の化け物じゃねえか……！」

「そりゃステイシー様も骨抜きになるわ……」

「いやけどよ、さすがにあんな子供に旅団が支配されるってのはどうなんだ……？」

「だったらお前、あいつらに喧嘩《けんか》で勝ってこいよ」

お、おお……。

この手の人たちは実力差をわかってもらえば話が早いと思って真正面からぶつかったわけだけど……これは思った以上だ。さすがにこれだけで完全服従とはいかないみたいだけど、ひ

とまずこの騒動は収まるかな……と安心していたところ、

「クソがぁ！」

「「っ!?」」

僕の一撃で地面にめり込んでいたリザさんが即座に復活。

さすがの耐久力でふらふらと身体《からだ》を起こすと、

「クソ、クソクソクソク！　ふざけやがって……なんなんだてめえらは……完敗じゃねえか……まさか姐《ねえ》さんは本当に実力でこいつらに……クソッ！」

リザさんは親の敵でも見るような目で僕を睨《にら》む。

それから大きく息を吸い込むと、

「殺せ」

僕に首を差し出すようにして、とんでもないことを言い出した。

え!?

「あたしの負けだ。さあ殺せ。タマぁ取りにきたんだ。逆に取られる覚悟はできてる」

「は!?　え、ちょ、ちょっと待ってくださいよ！　なんでいきなりそうなるんですか!?」

「ああ!?　なに言ってんだクソガキ。旅団内で相手を殺すつもりの抗争を仕掛けたんだ。指詰めるだけじゃ到底足りねえ。少なくとも扇動役のあたしが首差し出してケジメつけるのが筋だろうが。さあ殺せ！　じゃねえとぶっ殺すぞ！」

無茶苦茶だよこの人！

そうして僕はリザさんを必死に説得するのだけど、やがてリザさんは心底憎しみのこもった目を僕に向け、

「ああそうかよ。んな甘っちょろいこと言ってあたしに生き恥晒《さら》せってんならこっちにも考えがあるからなぁ……！」

え。

「女帝旅団の名前で……いや、てめえらクソガキどもの名前でほかの旅団にカチ込み仕掛けてやる。どっかの国や教会でもいいな。とにかくてめえらが報復で無茶苦茶になるよう全方位に喧嘩《けんか》売って、あたしを生かしたことを後悔させてやる！」

「な……!?」

「投獄しようったって無駄だ。あたしには協力者も多いし、仮に何年投獄されようが絶対にあたしは諦《あきら》めねえ。とにかくあたしを生かしてる限り、絶対に安心して暮らせねえようにしてやる！」

「ちょっ……!?」

とんでもないことを言い出したリザさんに僕は絶句する。

そんなことをされたら何も知らない人たちに多くの被害が出るし、僕たちの存在が各地に広まってしまう。教会の追っ手がアリシアを求めて殺到するような事態になってもおかしくなか

った。教会だけでなく、王都だって動きかねない。

かといって……僕たちにリザさんは殺せない。人殺しなんてまっぴらごめんなのだ。

けど女帝旅団の全員が完全に僕に従う保証もない以上、投獄にも不安が残る。

となれば……リザさんを止める手段はひとつしかなかった。

セットクである。

なので僕は必死になって、

「リザさん！　僕はあなたに酷《ひど》いことをしたくないんです！　だからカチ込みなんてやめてください！　お願いしますから！」

「はあ!?　甘ったれんなクソガキが！　ここまで言って引き下がれるか！　あたしを殺さねえ限り、絶対に後悔させてやるからなぁ！」

僕は土下座さえ繰り出してリザさんにお願いする。

けれどリザさんはどれだけ説得しても考えを変えず、議論は平行線を辿《たど》った。

そうして不毛な時間が過ぎ去ったあと、

「……わかりました」

僕は腹をくくった。

「もうこうなったら仕方ありません。リザさんがそうであるように、僕にも譲れないものがありますから……。大切な人を守るために僕はこの手を……いや、男根を汚します」

「？　はぁ？　なにいきなり下ネタぶっこいてんだガキが。人を殺す覚悟もねえようなやつがなにを偉そう……に……あ？」

瞬間。リザさんが目を丸くして周囲を見渡した。

なぜならそこはさっきまで僕たちがいた裏道ではなく、広々としたホテルのような空間で。

「は？　なんだここ？〈飛び爪〉部隊の連中はどこに――って、ああ!?　てめえなにしてやがんだ!?　ちょっ、服を脱いでんじゃねえクソガキ！　ちょっ、おい、ほんとになにして――ひっ!?　お、おいまさかここであたしを……待て！　待て待て待て待て！　おいマジでどういうつもりだいきなりなにをふざけんな殺すぞちょっマジでやめ、あたしはこれまでずっと戦い漬けで経験が――にゃあああああああ♥♥♥っ!?」

その日、僕はまたひとつ人としての一線を越えてしまった。

▼第9話　セットクピストンズ

現実世界にアリシアを一人残していくのは不安だったので、アリシアもリザさんと一緒にヤリ部屋へと入室。

そうして僕とアリシアは二人がかりで、リザさんのセットクを開始した。

「こいつっ、まさか姐《ねえ》さんもこうやって……!? クソガキが覚えてやがれ! こんなことしてただで済むと――おほおおおおおっ♥♥!?」

「ふざけ……♥ なんでこんな♥ はじめてなのに、なんでこんなに身体《からだ》が♥ やめっ♥ おかしい!♥ おかひいいいいいっ♥♥! クソガキチ○ポが気持ちいいとこばっか抉《えぐ》ってるうぅ♥♥!」

「は……? なんでだよ……男は一回したら萎《な》えるんじゃ……ちょっ、まっ、てめえが一回出すまでにこっちが何回イったと……やめっ、ま、参った! 参ったから! もうてめえには逆らわねえからこれ以上は戻れなくな――ぎにゃあああああああっ♥♥!?」

獣人はもともと身体感覚が鋭い。

そのせいかリザさんは荒々しい雰囲気に反してとても敏感で、すぐに気持ち良くしてあげることができた。

とはいえ相手はレベル200の〈獰猛《どうもう》戦士〉。

近接特化の高レベル〈ギフト〉を完全にセットクするのはそれなりに時間がかかると思われたのだけど……。

「あ……♥　お……ほ……っ♥（ビクンビクンビクンッ）」

ステイシーさんのときと違い今度はしっかり僕の意識もあったため、「カチ込みとかそういうのは絶対ダメ」と命令しながらセットクした結果、速攻で〈主従契約〉が発動。下腹部に淫《みだ》らな紋様が刻まれる。

ヤリ部屋の中になぜか設置されているシャワーを浴びたあと衣服を整え、僕とアリシアはリザさんを抱《かか》え速攻で現実世界へと帰還した（ちなみに。セットク直後はリザさんがぐったりして動かなかったため、形状変化した男根でリザさんを抱えてシャワーを浴びてもらった）。

「い、一体なにがどうなってんだ……!?」

現実世界に戻ると、なにもない場所から現れた僕とリザさんを見た女帝旅団の面々が愕然《がくぜん》と声を漏らす。

彼らは僕がリザさんをセットクしている間、戦闘不能状態でその場に取り残されていたのだ。

そしてそんな彼らに向けて、リザさんが口を開いた。

「てめえら……よく聞け。今日から女帝旅団は、このガキどもの支配下だ」

「「「え!?」」」

驚愕《きょうがく》に目を見開く旅団構成員たちから顔を逸《そ》らしながら、顔を真っ赤にしたリザさんが唸《うな》るように漏らす。

「てめえらもぶちのめされてわかっただろ。こいつらのほうが完全に上手だ。真正面から完膚なきまでに負けた以上、こいつらには絶対服従。この二人の情報を少しでもよそに流すようなことがありゃあ、あたしが直々《じきじき》にぶっ殺すからな。覚えとけ。……チッ、これで満足かよ変態鬼畜男がっ。うぐっ♥♥」

リザさんは周囲へ指示を下したあと、悔しげに僕を睨《にら》みながら身体《からだ》を震《ふる》わせ、その場に崩れ落ちた。

そんなリザさんの反応に僕が罪悪感で「あ、あうあう」と狼狽《うろた》えていると、

「な、なにが起きてんだ……!?」

「ステイシー様以外には絶対になびかないリザさんが服従!?」

「なんなんだこいつら……!?　ステイシー姐《ねえ》さんが骨抜きになったことといい、喧嘩《けんか》が強いだけじゃねえのか!?」

「こいつらには絶対逆らっちゃいけねえ!　下位構成員にも徹底させるぞ!」

僕以上に狼狽え混乱した様子で女帝旅団の最高戦力たちが一斉にひれ伏した。

どうやらリザさんがこんな有様《ありさま》になったのがよほど衝撃的だったようで、さっきまで僕らの配下になるのを渋っていたような人もいまは完全に屈服している。

こういう風にかしずかれるのは凄《すご》く苦手だからやめてほしいんだけど……まあこの様子なら僕やアリシアの情報が外部に漏れることはないだろう。一人一人がこちらとの実力差を痛感した上に、ステイシーさんとリザさんの命令もあるなら完璧《かんぺき》だ。

とはいえこうやってひれ伏せられるのはどうにも居心地が悪い。

加えてリザさんと無理矢理「仲良く」してしまった気まずさも手伝い、僕はおずおずと口を開く。

「え、ええと。それじゃあ今後はもうこういうことはないようにお願いしますね。僕たちも皆さんが悪さをしない限りは変な命令とかもしたくないですし、そこは安心してください。それじゃあ、僕らのことは絶対に他言無用で！」

疲弊《ひへい》したリザさんたちがほかの旅団に襲われないよう、ヤリ部屋から取り出した高級ポーションを配布。僕とアリシアは野次馬に目撃されるのを避けるため、女帝旅団の面々からはわからない位置で〈現地妻〉を発動。すぐにその場をあとにするのだった。

「……えへへ。エリオがかっこよかったし、愛人も増えるし。今日はいい日だったね」

「そ、そうだね？」

そんなカオスな展開の中でアリシアだけが嬉しそうだったけど……ま、まあアリシアが喜んでくれるなら、人として一線を越えた甲斐もあった、のかな？

なんだか盛大に倫理観がぶっ壊れてきているような気がしつつ……僕はリザさんと仲良ししたことで絶対に爆発寸前だろうアリシアとの「仲良し」に備えるのだった。

エリオ・スカーレット　ヒューマン　〈淫魔《いんま》〉レベル260

所持スキル
絶倫Lv10
男根形状変化Lv10
男根分離Lv8
男根再生Lv8
現地妻（Lvなし）
精神支配完全無効（Lvなし）

主従契約（Lvなし）
男根形質変化Lv10
異性特効（Lvなし）
適正男根自動変化（Lvなし）
ヤリ部屋生成（Lv1）
自動変身（レベルなし）

エリオ
「わぁ、美味しそうな料理がたくさん。ヤリ部屋……もといアイテムボックスにどれをストックしておくか迷うね」

アリシア
「うん……どれも美味しそう」

アリシア
(……あっちのシチューには沼ウナギの肉が……あのスープは陸スッポンの出汁にクサリヘビの酒漬けが使われてる……あ、あのケーキには確か活力ハニーがたっぷり使ってあるって話だっけ……)

アリシア
(エリオは自分の意思で精力を操れるけど……増進しておいて損はないし……ダンジョンではスタミナも大事だし……)

アリシア
「このシチューとかスープ……あとケーキが美味しそう」

エリオ
「確かに!　じゃあこのあたりを一通り頼んでみて、よさそうなら買いだめさせてもらおうかな」

アリシア
「……うん、それがいい。楽しみ。いろんな意味で……」

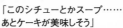

第二章

▼第10話　変身スキル

リザさんたちを返り討ちにし、女帝旅団を完全掌握した翌日。

僕とアリシアは再び城塞都市《じょうさいとし》に戻り、凄腕鍛冶師《すごうでかじ》であるウェイプスさんのお店を目指していた。

昨日の今日でなぜ再びウェイプスさんのお店を訪ねるのかといえば、魔法武器作製の資金を渡すためだ。

魔法武器生成には僕が納品した青龍の素材だけでなく、生産系〈ギフト〉によって作られた高額素材の購入も必須。

なので魔法武器作製予算は事前に渡しておく必要があり、今日は必要経費の概算が終わったウェイプスさんに依頼費用を持っていくことになっていたのだ。

そうして僕とアリシアはレジーナを介した〈現地妻〉で城塞都市へとワープ。

「さすがに放置プレイが長すぎではありませぬか主様《あるじ》!?」と僕の下半身に抱きついてきたレ

ジーナと、それに便乗して服を脱ぎ始めたアリシアをどうにかなだめ、ウェイプスさんのお店を目指していたのだけど……。

「なんか、また変なスキルが発現しちゃったな……」

僕はアリシアと並んで歩きながら、自分のステータスプレートを見下ろしていた。

昨日はアリシアの仲良しが爆発して確かめる暇がなかったのだけど……そこには、恐らくリザさんとの仲良しがきっかけで獲得したと思われるスキルが出現していたのだ。

自動変身：対象の好みの姿に変身できる擬態系スキル。対象の欲求の強さに応じて変身の精度と可変域が変化。対象から離れると変身は解除される。

鑑定水晶で性能をチェックしたみたところ、それはどうやら世にも珍しい「擬態系スキル」の類《たぐ》いらしかった。

ただ、今回のスキルは物珍しいだけでそこまでぶっ飛んだ性能ではないように思える。

説明文を読む限り、相手の好みに合わせて変身するスキルなうえに持続力も皆無みたいだから、誰かに化けて潜入や逃走ができるものではないみたいだし。

なにより一番その姿を隠してあげたいアリシア――第三者を変身させられるスキルでもなさそうだったから。

まあ鑑定水晶で確認できるスキルの性能がすべてというわけじゃないから、実際に使って検証してみればなにか凄《すご》い利点が見つかるかもしれないけど……検証はまた後日かな。

「どうもこの変身スキルの発動には第三者の協力が必須みたいだからね。〈淫魔《いんま》〉のことを知られても完璧《かんぺき》に口止めできるレジーナ……はまた（性的に）暴走しそうだし、ステイシーさんかリザさんあたりにあとで協力してもらおう」

アリシアが教会に追われている以上、一緒に行動している僕もできるだけ目立たないほうがいい。そうなるとスキル検証を頼める相手は限られるため、すぐにスキルの性能を確かめることはできそうになかった。

その理屈なら別にアリシアに協力してもらえばいいだけでは？　と最初は思ったのだけど、

「……私はエリオが一番大好きだから……エリオがそのスキルで変身してもエリオのままだと思うよ？」

と、気恥ずかしいと同時に強烈な説得力のあるアリシアの言葉に僕は即納得してしまうのだった。

それに、もしアリシアを対象に変身した結果、万が一にでも僕以外の姿に変身しちゃったらやっぱり少なからずショックだと思うし……。

そんなこんなで新しいスキルの詳細が気にはなりつつ、僕たちは頭を切り替えてウェイプスさんのもとへと向かうのだった。

「おう、来たな来たな！　不壊属性魔法武器の予算、ばっちり計算しておいたぞ！」

相変わらずいまにも潰《つぶ》れそうな武器屋へ顔を出すと、ウェイプスさんが上機嫌に僕たちを出迎えてくれた。

「不壊武器ってのはその名前の通り、ほとんど壊れねえし手入れもまず必要ねえからな。あんまり作る機会もねえから、久々にはりきっちまった！　……最近、あのやたら性能のいいおもちゃに堕《お》とされかけてたし、ほかに集中できるもんができて本当に助かった」

「？」

ウェイプスさんが若干顔を赤くしてなにかボソボソ呟《つぶや》いたけど、僕の意識はそれよりも机の上に広げられた予算表のほうへと吸い寄せられる。

なにせウェイプスさんが用意してくれた武器作製素材の内訳は、びっくりするような高級素材やマジックアイテムのオンパレードだったからだ。

「ちょっ、ウェイプスさんこれ、どれだけ気合いの入った武器を作ってくれるつもりなんですか!?」

僕がアリシアとともに調達してきた青龍素材を筆頭に、大陸の西端に位置する特殊ダンジョンからしか採れないとされる魔鉱石。熟練の錬金術系〈ギフト〉持ちしか作れない合金。その他諸々、入手や保存に手間のかかる希少素材。

武家貴族出身とはいえ、僕とアリシアは武器製作については最低限の知識しかない。

それでも明らかにウェイプスさんが最上級の武器を作ろうとしてくれているとわかり、心底驚いた。

あまり感情を表に出さないアリシアでさえ「……すごい」と目を見開いている。

「そりゃまあ、お前ら二人は身内を助けてくれたんだしな。それに……」

ウェイプスさんが目を細める。

「あたしの見立てが正しけりゃ、お前ら二人は『ただの最高級武器』じゃ釣り合わねえよ。やるならあたしの技術の全部を込めて剣を打ってやる。もちろんそのぶん値段は張るが……お前らなら余裕だもんな？」

「～～っ。はい、もちろんです！」

ウェイプスさんの審美眼。

そして粋な心遣いに心底感謝しつつ、僕は用意しておいた金貨を取り出した。

念のために多めに持ってきておいて正解だった。

ドンッ！　金貨の入った袋を机に置く。

「う、うおっ。事前に懐《ふところ》具合聞いてたから大丈夫だろとは思ってたが、マジで一括支払いしやがったぞこいつ……。よーし、ならこっちも気合い入れねえとな！」

と、武器製作に関する打ち合わせが順調に進み、ウェイプスさんが「そういや剣の柄をどうすっか聞いてなかったな」とサンプルを取りに奥へと引っ込んだそのときだった。

武器屋の出入り口が勢いよく開き、一人の少女がお店に飛び込んできた。

「もー、ちょっと聞いてくださいよウェイプスさん！　ルージュさんが酷《ひど》いんです！　鑑定水晶バブルが終わらないうちにじゃんじゃん水晶作製しろって残業だらけで！　給料はいいしスキルLvも上がるんでいいんですけど、家に帰ったらもう寝るしかなくて、遊ぶ時間が全然ないんですよ！　格安で譲ってもらってる生ディルドも全然使う暇がないし……ウェイプスさんからもルージュさんになにか言ってあげてくださいっ」

それは僕とアリシアのよく知る少女だった。

僕らが城塞《じょうさい》都市で色々な人たちと出会うきっかけとなり、最終的に男根売買契約を結ぶ原因となった赤髪の町娘ソーニャ・マクシエル。

そんな彼女が「あれ!?　エリオール!?」と僕の存在に気づき、僕も「あ、久しぶり」と挨拶《あいさつ》をしようとした――その瞬間。


――ボンッ！　ボトッ！

僕の身体《からだ》はチ〇ポに変身して地面に落下していた。

▼第11話　走るオチ〇ポ人間

ソーニャ・マクシエル。

城塞《じょうさい》都市の冒険者ギルドマスターと商業ギルドナンバー2の母を持つ町娘。

有力者の家系ながら人当たりがよく、城塞都市内に広い人脈を持つ快活な少女だ。

エリオの股間《こかん》から分離したエリオでの一人遊びに目覚めて以来、もともと豊かだった彼女の生活はさらに豊かなものになった。

エリオとルージュにアレの売買契約を結ばせてからというもの、エリオのエリオを比較的安価かつ安定して入手できるようになり、彼女はしばしの間、その快感を思い切り享受することができていたのだ。

しかし彼女はここしばらく、酷《ひど》い欲求不満に陥っていた。

どういうことかというと、それは彼女の持つ〈ギフト〉が原因だった。

〈特殊魔道具師〉

数ある〈ギフト〉の中でも希少種のひとつに数えられるその特性は、マジックアイテム作製系のスキルを多く発現することにあった。

そんな〈ギフト〉持ちであるソーニャのレベルは40。

これは「鑑定水晶」を作製するのに十分なレベルであり、ソーニャは分離男根の購入資金を貯め込むため、ルージュとアルバイト契約を結んで鑑定水晶の量産を手伝っていたのだ。

これはソーニャにとってとても美味《おい》しい仕事だった。

なにせ降って湧いた鑑定水晶バブルのおかげでお給料はいいし、少なからず難易度の高い仕事であるため〈特殊魔道具師〉のスキルＬｖもぐんぐん上がる。まさに一石二鳥だったのである。

だがある日、その状況が一変した。

どこかの誰かが、ルージュのもとに最高級の鑑定水晶素材を大量納品したのだ。

もともと鑑定水晶バブルはそう長く続くものではないとわかっていた。

なのでルージュはここで一気に鑑定水晶を捌《さば》くべく、ソーニャたちに大量生産を依頼したのである。本来ならブラック労働だのなんだのと文句を垂れるところなのだが……男根購入資金を少しでも多く貯めておくため、ソーニャは自ら割高かつちょっと厳しい契約をルージュと結んでいた。

そのためノンストップで行われる鑑定水晶作製を断り切れず、連日働き詰めなのだった。

とはいえもちろん、ルージュもそのあたりはわきまえている。しっかり休みは与えているし、ソーニャが潰《つぶ》れるような真似《まね》は決してしていないのだが……問題は休みの周期だった。

エリオがアレを納品する周期と微妙に合わないのである。

ゆえにソーニャはしばらく働き詰めなうえ、たまの休みも男根が上手《うま》く確保できずムラムラしっぱなし。鑑定水晶バブルはもうしばらく続きそうで、バブルよりも先にソーニャの欲求不満がはじけてしまいそうな有様《ありさま》だったのだ。

そうして頭の中が男根一色になっている状態で、ソーニャはルージュと共通の知り合いであるウェイプスのもとへ愚痴りにやってきていたのだが、

「…………………え？」

ウェイプスの武器屋に足を踏み入れた瞬間、ソーニャはついに欲求不満で自分の頭がおかしくなったのだと確信した。

なぜならさっきまでそこにいたはずのエリオール少年の姿がいきなり立派な生チ○ポに変わり……まるで「使ってください」と言うかのように地面に転がっていたのだから。

＊

――ボンッ！　ボトッ！


なにが起きたのかわからなかった。

急に周囲が大きくなって、僕は手や足で踏ん張ることもできずに床へと落下していた。

一体なにが!?　と必死に首を巡らせる。

ウェイプスさんの武器屋には、武器や防具を装備した際の外観を本人がチェックできるよう

鏡が置いてあった。

そこに映っていた自分の姿を見て、僕は我が目を疑う。

そこにはまごうことなきチ○ポが映っていたのだ。

「どういうことなの⁉」

僕は叫ぶ。

だけど鈴口の辺りがピクピクするだけで、声らしい声も出ない。

いやちょっと、ホントにどういうこと⁉

全身チ○ポなんですけど⁉

いま僕どこで呼吸や思考してるの⁉

様々な疑問が一気に弾ける。

けれどあまりにもあんまりな事態で逆に冷静になった僕の頭は、どうしてこんなことになっているのかすぐに仮説立てていた。

（これってまさか、ソーニャの好み？に反応した〈自動変身〉スキルの効果⁉）

それしか考えられない。

けど本当にそうだとしたら、このスキルも性能がおかしすぎる。

変身、擬態系スキルというのは、往々にして幻術の要素が混じっている。

完全に身体《からだ》の構造まで変えられるのは一部の魔族や不定形モンスターくらいで、それ以外の大多数は幻術混じりの中途半端な変身なのだ。

けど僕の自動変身は違う。

大きさからなにから本物のチ○ポそのもので、身動きにも不自由するくらいだった。

〈多分これ、〈自動変身〉スキルが暴発してるってことなんだろうけど……暴発するにしたって限度があるでしょ！〉

と、僕がスキル解除を念じようとしたときだ。

「…………………………お、落とし物？」

ソーニャがギラギラとした瞳で僕を見下ろしていた。

「お、落とし物なら、拾って届けないと……その間にちょっと使っても、大丈夫よね……？」

食べられる……！

下のお口で僕の全身を丸呑《の》みプレイされてしまう……！

直感した僕は、どう動かしていいかわからないチ○ポボディを必死に動かした。

「うわああああああああっ！」

叫び、レベル260に達した〈淫魔《いんま》〉のフィジカルを全力で行使する！

すると、

「っ！　よし！　立った！」

立った！　チ○ポが立った！

そして僕はそのまま、左右のタマを交互に動かし、痛みに耐えながら全力疾走した。

「っ⁉　あ⁉　チ〇ポが逃げる⁉」

ソーニャが追いかけてくる！

けど捕まるわけにはいかず、僕は全力で左右の玉を稼働。

このスキルは確か、対象から離れると効果が解除されるはず。

なので僕はソーニャに捕まる前に全力で武器屋から走りだした。

男根姿のままで！

と、少し走ったところで――ボン！

「た、助かった……」

ソーニャを振り切って路地裏に駆け込んだところで、僕は無事に元の姿に戻ることができた。どういう原理かわからないが、チ〇ポ変身と同時に消えていた服や装備もそのまま戻ってくる。どうやら身に纏《まと》っていたものごと変身していたようだ。

「なんなんだこのスキル……⁉　いくらスキルの扱いに慣れてなかったとはいえ勝手にあんな変身するなんて危険すぎ……っていうか『好みの姿に変身できる』スキルでアソコに変化するって、ソーニャの頭はどうなってるの⁉」

しかもこんな暴発まがいの変身をしたってことは、多分ソーニャの思念がそれだけ強かったということで……うん、深く考えないようにしよう。

と、僕が新しいスキルの怖さに怯《おび》えていると、

「……あ、いた。……よかった、元の姿に戻ってる」

僕を心配して追いかけてきてくれたらしいアリシアがひょこっと曲がり角から顔を出した。

「あ、ごめんアリシア。ちょっと、色々と急すぎて慌てて逃げちゃった。ソーニャのほうは大丈夫そう?」

「……うん。エリオが凄《すご》い速さで逃げたから、白昼夢だと思ったみたい。……でも、すぐ元に戻れて本当によかったね」

「え?」

「……エリオはエリオのままが一番魅力的だから」

「アリシア……」

優しく微笑《ほほえ》みかけてくれるアリシアに僕も思わず頬《ほお》が緩《ゆる》む。

と、その直後だった。


――ボンッ!


「え!?」

僕の姿がまた変わり、それに伴い僕の視界が大きく下がる。

え、ちょっ、まさか、アリシアの思念に反応してまた変身スキルが暴発したの⁉　てゆーか姿が変わったってことは、アリシアの本当の好みが僕とは違ったってこと⁉　とショックを受けていたところ、

「…………………え？」

アリシアが陶然《とうぜん》とした様子で僕を見下ろし、

「…………あ、え、これ、もしかして……私がはじめて、エリオのことを食べちゃいたいって思った頃の……エリオ……？」

「え」

みるみるうちに頬を上気させ、息を荒くしていくアリシア。

その美しい青の瞳には僕が――何年も時間を巻き戻したような僕の顔が映り込んでいて、

「……あ、ダメ、これはダメ……こんなエリオ見せつけられたら……いままで我慢してたのが……あ、あ、ちゃんと我慢しないと…………………………あ、ダメだこれ」

瞬間、アリシアの中でなにかが決壊する音がした。

「……エリオ。お姉ちゃんと、少し静かな場所に行こっか……。大丈夫、絶対に乱暴にしないから……優しくするから……」

「ちょっ、アリシア⁉　静かな場所でナニするつもり⁉　まだウェイプスさんとの打ち合わせが……ちょっ、アリシア⁉　外でキスはダメだよ！　僕の服の中にも手を突っ込んじゃ――

ん?
ハー
ハー
ハー
ハー

あ、ダメだこれ！　〈ヤリ部屋生成〉！」

　完全に正気を失って頰《ほお》を上気させたアリシアを前に、僕は説得は不可能と瞬時に判断。幼くなった僕の姿に興奮したアリシアを全力の仲良しで鎮めたあと、どうにかウェイプスさんとの打ち合わせも完了させるのだった。

　変身スキル……勝手に発動しがちなことといい、いままでで一番危険なスキルかもしれない……。

▼第12話　武器調達の予想外その2

　色々な意味で危険なスキル〈自動変身〉が発現してから数日。

　不壊武器作製のための資金をウェイプスさんに渡した僕とアリシアは、すっからかんになった懐《ふところ》を暖めるため、再びダンジョンに潜りまくっていた。

〈現地妻〉による瞬間移動でダンジョン攻略を途中から再開。

〈ヤリ部屋生成〉で大量のモンスター素材を一気に運搬。

　このコンボによって高レベルのモンスターを狩りまくり、ギルドに素材を納品しまくったのだ。

あんまりやりすぎるとさすがに女帝旅団のコネでも誤魔化《ごまか》しきれないので、一部は城塞《じょうさい》都市の冒険者ギルドや商業ギルドにこっそりお裾《すそ》分け。貴重な素材は各方面で大変喜ばれ、僕たちの懐《ふところ》もしっかり潤っていった。

そしてそんなダンジョン攻略の日々と並行してしっかりと行ったのは、問題のスキル〈自動変身〉の制御訓練だ。

けれどこれに関してはわりとすぐに制御が利くようになった。

以前、僕が男根を売り捌《さば》くハメになった際に男根が使用される様子を夢で見てしまう不具合があったけど……アレと同じで強く念じ続けることでどうにか暴発を抑えられるようになったのだ。

ただ、実はこれも完全とは言えなくて……。

「……あ、エリオがまた……変身して私を誘ってる……♥　悪い子……お姉さんがしっかり教育してあげないと……♥」

「あ!?　また身体《からだ》が小さく!?　ちょっ、ちがっ、これはわざとじゃなアッ――――!?」

アリシアとの仲良しの最中は余裕がなくなるせいか、アリシアの思念が強すぎるせいか……たまに暴発してはアリシアを暴走させてしまうのだった。それによってさらに僕の余裕がなくなるから変身しっぱなしでアリシアがさらに暴走して……と性暴走の永久ループだ。

ただ、興奮しまくりのアリシアがとても可愛《かわい》いし、（相対的に）身体の大きくなったアリシアに全身を包み込まれながらお姉さん口調で仲良しされるのは変な中毒性があって……夜の変身スキル暴発からなかなか抜け出せないのだった。

……なんか僕、アリシアに変な開発されてない？　大丈夫？　戻れなくなってない？　と思わなくもない。

ちなみに。

つい興味本位でモンスター相手に〈自動変身〉を任意発動してみたところ、きっちりモンスターに変身できた。身体構造もモンスターそのもので、ダンジョン内での隠密活動に使えるかと思ったんだけど……通常とは違う意味でモンスターに襲われかけるという恐怖に見舞われた（僕を襲おうとしたモンスターはアリシアが八つ裂きにした）。

あんな恐怖はそうそうないし、まかり間違ってほかの冒険者に攻撃されたりしたら目も当てられないので、二度とモンスターには変身しないと誓った。

さて、そんなこんなでソーニャに丸呑《の》みされそうになってからおよそ一週間。

注文した不壊武器――聖剣の受け渡し予定日を迎えた僕とアリシアは、はやる心を抑えながら城塞都市の武器屋へと向かっていた。

「おうっ、よく来たな二人とも！　注文された武器のほう、きっちり仕上げてるぞ！」

店の前には黒髪の美しい女性、ウェイプスさんが腕組みして待っていた。

なんだか目の下のクマが凄《すご》いけど、纏《まと》っている空気は快活そのもの。

いつも以上に豪快な様子で僕とアリシアの肩を抱くと、ぐいぐいと店の中に案内してくれる。

「久々のでかい注文だったからな。つい夢中になって色々力を入れ過ぎちまった！　中毒になりそうだった一人遊びからも上手《うま》いこと距離が置けて――ああいや、なんでもねえ」

「？」

「と、とにかくだな。お前らが満足できるだろう出来にはなってるぞ！」

なんだか顔を赤くして言葉を濁すウェイプスさんが気になったけど……すぐにそんなことはどうでもよくなった。

ウェイプスさんが店の奥にあるらしい武具生成の工房から持ってきた武器が、あまりにも神々しかったからだ。

「……わぁ」

普段は表情の乏しいアリシアが感嘆の声を漏らす。

ウェイプスさんが作り上げてくれた不壊武器はそれほどまでに素晴らしく、まさに〈神聖騎士〉にふさわしい一振りだったのだ。

「注文通り。不壊属性付与の魔法剣――つまり聖剣だ。いちおう見た目にもこだわったが、目立つのは嫌だっつー話だったから、隠蔽《いんぺい》処理もしてある。周囲にはただの上等な剣にしか見えねえはずだ。もちろん見た目が変わっても頑丈さや切れ味は変わんねぇから安心しな。使い勝手はどうだ？」

「……はい。文句のつけようもありません」

ヒユヒユヒユヒユヒユン！

ウェイプスさんの用意してくれた試し切り用の素材――レベル80モンスターの甲殻をいとも容易《たやす》く細切れにしながらアリシアが嬉しそうに頷《うなず》く。

（僕ほどじゃないけどアリシアも聖騎士には思い入れがあったから。聖剣を手にできて嬉しいだろうな）

伝説級の〈ギフト〉である〈神聖騎士〉にようやく聖剣を持たせてあげることができて僕も嬉しい気持ちになる。

聖剣を手にしたアリシアは一枚の絵画のように美しく、思わず見惚《みと》れてしまうほどだった。

「よしよし。久々の聖剣作製だったが腕は鈍っちゃいねえな。事前に説明したとおり、不壊武器はその丈夫さが売り。手入れも武器更新もほぼ必要ねえもんだ。ただ、実は強力なモンスターの素材や高級魔石によってあとから強化できるって性質もある。今後もなにかあればあたしに相談してくれ。素材と資金さえありゃまた防具作製の相談にも乗れるしな。それと――」

ウェイプスさんが一度言葉を切る。

かと思えば奥からまたなにか持ってきて、

「これはオマケだ。予備として武器作製用の素材をかなり多めにもらってたからな。いい仕事させてもらったし、こっちも受け取ってくれ」

「え？　オマケって一体なにを……え!?」

なにかと思って包みをほどいた僕はぎょっと固まった。

なぜならそこにはもう一本の不壊武器――聖剣があったからだ。

しかもそれはアリシアの受け取ったサーベルタイプとは違う。僕が普段使っている剣と同じタイプで……ウェイプスさんが僕のために打ってくれたのは明らかだった。

「え、ちょっ、受け取れませんよ！　一本分の代金しか払ってないですし、オマケで聖剣は破格すぎます！」

「さっきも言ったろ？　素材は多めにもらってたし、実は別途購入した素材もちょっと余らせてな。遠慮せず受け取っといてくれ。おかげであたしの武器作製スキルもさらに向上したしな。それとも――」

ウェイプスさんはいきなり怖い顔になると、

「あたしが作った武器は受け取れねえってか？」

「いえそんなことは全然ないですありがとうございます！」

あ、これは代金払うとか言ったら盛大にキレ散らかすやつだ。

それなりの付き合いになったウェイプスさんのお怒《いか》りを感知した僕は素直に武器を受け取った。

今後も聖剣の強化や防具の相談でお金を渡す機会はあるし、恩はそっちで返そう。

それにしても……。

「僕が、聖剣を……」

〈淫魔《いんま》〉なんて〈ギフト〉を授かったことにはじまり、男根剣とかいう性剣を振り回すことしかしてこなかった僕が。

〈ギフト〉も所持スキルも恥ずかしいものばかりだけど……聖剣を握った瞬間、小さい頃から憧れてきた聖騎士に少しでも近づけたような気がして思わず笑みがこぼれた。

男根剣の存在を隠したいときや、対人戦で手加減したいときなどにとても重宝するだろう。

「……よかったね、エリオ」

「う、うん！」

アリシアも僕の笑顔に笑顔を返してくれて。

僕たちは粋な計らいをしてくれたウェイプスさんに何度もお礼を重ねる。

そうしておそろいの聖剣を携《たずさ》えて、僕たちは二人並んで足取り軽く帰路につくのだった。


——そうして宿に戻ってすぐのことだ。

「……あの、エリオ……」

「うん？」

「準備したいことがある」と珍しく一人で宿を出ていったアリシアが、戻ってくるなりなんだ

かモジモジしていた。なんだろうと思っていると、

「……エリオは、聖剣をプレゼントしてくれたり、私と一緒にいてくれたり……いつも私のために色々してくれる。……だから」

普段は表情に乏しいアリシアはそこで小さくはにかむと、

「……改めて、ちゃんとしたお礼をさせてほしい」

ぽそりと、そんなことを口にした。

▼第13話　アリシアの恩返し

「お礼？」

「……うん」

アリシアはうつむきながらはにかむと、小さく言葉を続ける。

「……エリオは私とずっと一緒にいてくれて……私のことをいつも一番に考えてくれて……今日はこんな凄《すご》い聖剣までプレゼントしてくれた。……エリオはそんなの当然って思ってるかもしれないけど……私はそれが嬉しくて、特別なの。だから……たまにはちゃんとお礼をさせてほしいと思って」

「アリシア……」

アリシアの言葉に、僕はとても胸が温かくなるのを感じていた。

生き恥〈ギフト〉のせいで王都から追放された僕なんかと一緒にいてくれるだけで十分なのに……と思うけど、これはきっとそういう話じゃないのだ。

だから僕は心の底からの笑みを浮かべ、

「ありがとう。アリシアのお礼、楽しみだな」

「……うん」

そうしてアリシアに連れてこられたのは、ダンジョン都市サンクリッドの中でも一、二を争うほどの高級宿。そこの一階にあるレストランだった。

「うわぁ……美味《おい》しい。王都にいた頃もここまでの食事はなかなかなかったよね」

「……うん。エリオの口にあったみたいで……よかった」

アリシアが予約してくれた豪華な食事に思わず声が漏れる。

聖剣のために貯めていた資金とは別に、僕とアリシアはダンジョン攻略で得たお金を分け合いそれぞれの資産として管理している。今日の食事はアリシアが自分の取り分から捻出《ねんしゅつ》してくれたもので、僕はそのお礼を素直に楽しむのだった。

冒険者向けのお店で出される大衆料理も大好きだけど、料理人の創意工夫と素材の良さが嚙《か》み合ったフルコースはまた方向性の違う楽しさがある。

「それにしてもこの高級宿、女帝旅団の系列店なんだっけ？　そのおかげで僕たちみたいな子供が利用しても怪しまれないし、個室だからアリシアが目立つこともない。心置きなく食事が楽しめるよ。……もしかしてアリシア、前々からこの日のためにお店を探してた？」

「……うん。エリオにはずっと、お礼をしたいと思ってたから」

「そっか。ありがとう」

アリシアの心遣いに、僕は美味《おい》しい食事以上に幸せな気持ちになる。

前々から計画してたというなら「準備がある」と少し姿を消していたのはなんだったんだろうとは気になるけど……まあいっか。きっとうっかりしてて、当日予約に走ったとかそんなところだろう。聖剣が確実に今日仕上がるって保証もなかったしね。

そうして久しぶりにアリシアと優雅な時間を過ごし、僕が幸せな気分に浸っていると、

「……エリオ。じゃあ、次にいこっか」

「え？　次？」

「……うん。お礼はこれだけじゃない。……むしろ、ここからが本番」

そう言ってアリシアは僕の手を引き、レストランの上階へ僕を誘った。

すなわち、この街一番の高級宿の内部へと。

（こんな高級宿でするお礼って一体なんだろう。……あ！　もしかしてサンクリッドの夜景を一緒に見ようってことかな？）

ダンジョン都市は四六時中活気に溢《あふ》れており、夜になっても明かりが多い。

高所から見る夜景は空と地上の両方に星空が広がっているかのようだといわれ、この高級宿のうたい文句にもなっていた。うん、きっとこれだ。

なんだかちょっと大人なアリシアのお礼にドキドキしているうちに最上階へと辿《たど》り着く。

その奥には大きな扉があり、

「……はいエリオ。これがこの部屋の鍵」

アリシアに鍵を渡され、僕はちょっとワクワクしながらドアノブに手をかける。

(夜景観賞なんておしゃれなことするのは初めてだなぁ。王都を追放されて以来バタバタしてることが多かったし、たまにはアリシアとゆっくりした時間を過ごそう)

そんなことを考えながら、軽い足取りで部屋に足を踏み入れた。

するとそこには……


「おいなんだよこれ！　ふざけんじゃねえクソガキども！」

「このケダモノコンビ……くっ、好きに嬲《なぶ》ればいいわ！　心までは折れないから……っ」

女帝旅団の実質的ナンバー2である豹《ひょう》獣人のリザ・サスペインさん。

女帝旅団の頭領であるステイシー・ポイズンドールさん。

こちらを涙目で睨《にら》み付けながら悪態をつく二人の美女が、エッチな下着姿で巨大ベッドの上に転がされていた。

▼第14話　仲良く仲良し～夜の仲良し大運動会～

「…………………………………え？」

高級宿の最上階。

その一番奥の部屋に足を踏み入れた僕は、しばし言葉を失っていた。

なぜならそこには、女帝旅団を統率する二人——女帝ステイシー・ポイズンドールさんと豹《ひょう》獣人リザ・サスペインさんがエッチな下着だけを身につけた据え膳状態でこちらを睨み付けていたのである。

「いきなり旅団の本拠地に乗り込んできたかと思えばこんな格好で放置しやがって！　しかもあたしだけじゃなくてステイシー姐《ねえ》さんまで……絶対いつか殺してやる……！」

「くっ……私だけでなくリザまで毒牙にかけていたなんて……っ」

巨大ベッドの上に転がされた二人は悪態をつきながらこちらを睨み付けてくる。

けどその格好があまりに扇情的なせいで、気丈に振る舞えば振る舞うほど謎の背徳感が——

ってそうじゃなくて！

「なにこれ!?　どういうこと!?」

なにが起きているのかまったくわからなかった。

僕は「日頃のお礼がしたい」というアリシアに連れられてこの部屋に足を踏み入れたはず。きっと夜景かなにかを眺めながらゆっくり過ごすんだろうなと思っていたのに、これはどういうことなの!?

と、混乱しまくる僕の背後で、

バタン！　ガチャ！


扉の鍵が閉まる音がした。

「……心配しなくても大丈夫だよ」

僕たちを部屋に閉じ込めたアリシアが、ぽそりと言う。

「……エリオが私に譲渡してくれた〈主従契約〉の命令権のおかげで、その二人は私たちを傷つけられないし、この部屋からも逃げられないから。この部屋も三日間は自由に使えるように話は通してあるし……時間はたっぷりある……」

「じ、時間……？　ってゆーかアリシア!?　これはどういうつもりなの!?」

「……これが、私からエリオへのお礼」

「え？」

困惑する僕の疑問に、アリシアが僕を気遣うような様子を見せながら口を開いた。

「……エリオは、この二人と強引に仲良しして、無理矢理言うことを聞かせてる状況を、気に病んでるよね。……エリオは優しいから……この二人は悪い人で、状況的にそうするしかなかったのに……エリオは気にしてるよね」

「それは……そうだけど……」

図星を突かれて僕は歯切れ悪く頷《うなず》く。

けどそれがなんでこの状況に!?　と思っていれば、

「……だから、考えたの。いつまでも強引に従わせてるのは……エリオにとってもこの二人にとっても良くないなって。……だから今日は、エリオたちにちゃんと『仲良く』なってもらおうと思って……この場を用意したの」

「え？」

「……大丈夫。エリオはこの世で一番魅力的な男の子だから……。最初にこの二人を隷属させたときは状況的に荒々しく仲良ししなくちゃいけなかったけど……エリオが毎日してくれる優しい仲良しなら……この二人も今度はちゃんとエリオの魅力を心の底から……もとい子宮の底から〝理解《わか》〟ってくれる……それでちゃんと和解して、エリオの気がかりをなくそうっていうのが……私からのお礼……」

「い、いやいやいや！　ちょっと待ってよ！」

しゅるしゅると服を脱ぎながら「お礼」の全容を語るアリシアを、僕は慌てて止めに入った。

「気持ちは嬉しいけど！　それってつまりまたこの二人と強引に『仲良し』するってことだよね!?　それはやっぱり人としてアレじゃない!?」

リザさんとステイシーさんが僕を憎々しく思っているのは強引な仲良しが大きな理由だ。それをさらに仲良しで上書きというのはアレすぎる。なにより僕自身がそのヤリ方はちょっと……と思っていたところ、

「……エリオならそう言うと思った……だから、私たちからはあの二人になにもしない。その代わり……見せつけるの」

服を脱いだアリシアが僕を巨大ベッドに押し倒しながら妖艶《ようえん》に微笑《ほほえ》んだ。

「……あの二人がエリオに叩《たた》き込まれた快感を思い出して我慢できなくなるくらい……自分たちから求めちゃうくらい……私とエリオの仲良しを間近で見せつける……」

「ふぁ!?」

え、ちょっ、それってつまりあの二人に見られながら仲良しするってこと!?

いやまあ、あの二人をまた無理矢理アレコレしちゃうよりはマシだけど……。

「それはかなり恥ずかしいというかさすがに気まずいというか！　ちょっ、アリシア！　待っ

てせめて最初は服を着た状態とか明かりを落とすとか配慮を――わああああああああああああああっ!?」

この日僕は。

ほかの女の子に見られての仲良しでも興奮するというアリシアの新しい一面を知った。

＊

ニチュニチュニチュニチュパンパンパンパンパン！


薄い明かりがぼんやりと照らす室内では様々な音が鳴り響いていた。

肉と肉が激しくぶつかり合う音。艶《なま》めかしい水音。

さらに室内には男女の交じり合う官能的な匂《にお》いがこれでもかと立ちこめ、鏡が白く曇るほどだった。

その中心にいるのは、巨大ベッドの上で激しく乱れる白銀髪の美少女だ。

「――♥　――っ！♥♥」

年頃の少女のものとは思えない獣のような嬌声《きょうせい》。

普段はなにを考えているかわかりづらいすまし顔が、快楽でドロドロに溶け崩れていた。それは心底気持ちよさそうで幸せそうで——その様を間近で見せつけられていたリザとステイシーの下半身はすでにドロドロになっていた。

「「……っ！」」

子宮が疼《うず》く。身体《からだ》が火照《ほて》る。あの日、力尽くで叩《たた》き込まれた快感がフラッシュバックし、気を抜くと勝手に腰が動きそうになる。

「な、なんだよこれ、なんだよこれぇ……!?」

ほとんど泣きそうになりながら豹《ひょう》獣人のリザが唸《うな》り声を漏らす。

また激しく犯されると思っていたら、待っていたのは盛大な放置プレイ。

どんな快感を叩き込まれようと、それが強引なものであるなら反骨心を糧《かて》に心で抵抗できただろうが……手を出されないとなるとそうもいかない。

ただただ激しい欲求不満が身を焦《こ》がし、少し気を抜けば無様にガキの男根を求めてしまいそうになる。だがそれは絶対にプライドが許さない。そこまで堕《お》ちてしまえば、完全に終わるという確信がリザにはあった。だから必死に歯を食いしばっていたのだが、

「……はぁ……はぁ……こんなの……ずるい……っ」

リザの隣で同じように耐えていたステイシーの様子がおかしかった。

「あの日からずっと疼くのを我慢してきて、自分で何度も慰《なぐさ》めて、それでも満足できなくて、けど自分から求めるなんてプライドが許さなくて、必死に耐えてきたのに……こんな、こん

なの……もう、我慢が……っ！」

「ステイシー姐《ねえ》さん⁉」

ぐちゅぐちゅと自分で自分を慰《なぐさ》めながらふらふらとクソガキどもに近寄ろうとしはじめたステイシーをリザが必死に押しとどめた。

「姐さんダメです！　ここで歯止めが利かなくなったら女帝旅団は、あたしらはもう一生――」

が、その瞬間だった。

仲良しの発露が、リザとステイシーに降りかかったのは。


「「――あ」」


凄《すさ》まじい勢いでリザとステイシーの顔や下腹部に付着した少年の滴。

その強烈なオスの匂《にお》いは以前叩《たた》き込まれた快感をより鮮やかに二人の脳内に描き、肌から染み渡る熱さは下腹部の疼《うず》きを一気に爆発させた。

その瞬間、二人の脳裏にまったく同じ文言が浮かぶ。


――あ、ダメだこれ……。

必死にせき止めていたなにかが崩壊しあふれ出す。

瞬間、二人は〈淫魔《いんま》〉の少年へと引き寄せられるようにふらふらと近寄り――、

「うぶっ!? ステイシーさん!? え、急にどうし――リザさんまで!? そんな激しく吸い付かれたら、ちょっ、まっ、アッッッ!?」

じゅるるるるうずぞぞぞぞぐぽっぐぽっぐぽっぐぽっ!

女として熟したその身体《からだ》が求めるまま、一人の少年を激しく貪《むさぼ》る音が響く。

その激しい渇望に、やがて色々と観念した少年も優しく応え、旅団のトップを務める二人が心も体もドロドロに溶けていく。

そんななか――、

「……えへへ。思ったよりずっと早く堕《お》ちた。……エリオの魅力がちゃんと伝わって、満足」

アリシアが嬉しそうに頷《うなず》き、自身もまた仲良し大運動会に参加するのだった。

そうして。

ヤリ部屋に収納されていた水や食料の補給もあり……かつての敵と親睦を深める平和の祭典は三日三晩ぶっ続けで行われた。

▼第15話　快楽調教のその後と道案内

「…………………………やっちゃった」

アリシアによる仲直り大作戦が発動してから三日後の昼。

我に返った僕は部屋の惨状に言葉を失っていた。

「あ……ひ……♥　おほ……っ♥（ビクンビクン）」

「――っ♥　――っ♥♥　おち○ぽしゅきぃ……♥　エリオだいしゅきぃ……♥♥（ビクンビクン）」

巨大なベッドの上には、全裸のリザさんとステイシーさんがガニ股《また》で倒れており、時折身体を痙攣《けいれん》させながら完全に意識を失っていたのだ。

気を失ってなお蕩《とろ》けきったその表情はなにかヤバイお薬でもキメまくったかのよう。

ダンジョン都市を支配する女傑の威厳は完全に消滅していた。

「み、三日連続で仲良ししまくるなんてどうかしてた……絶対にやりすぎだよ……！　いろんな意味で！」

い、いやまあ、なんかもう途中からリザさんもステイシーさんもドロドロに甘えまくってきたり、一生服従するから子供を産ませてほしい宣言してきたり……アリシアの仲直り作戦は大成功だったんだけどさ！

（子供を産ませて宣言はなにか違う気がするけど！）

と僕が自分のやらかしを盛大に猛省するなか、この惨状を生み出した首謀者であるアリシアはといえば――、

「すー、すー」

もの凄《すご》く満たされた表情で穏やかに眠っていた。

仲良し大会の途中、何度も気絶したステイシーさんたちに代わって全体の半分くらい僕と仲良ししてたとは思えない穏やかさだ。

「ダンジョン攻略でレベルアップしてから、アリシアの夜の体力がさらに増えてるような……」

伝説級の〈ギフト〉を持つアリシアは一体どこまでパワーアップするのだろう。

そんなことを考えてふと背筋が寒くなるけれど……いまはそれより。

「宿の予約は今日の午後までだったし、早く色々と片付けちゃわないと！」

僕は大慌てで諸々の後始末に奔走《ほんそう》するのだった。

客室の片付けを終えたあと。

リザさんとステイシーさんは三日間ぶっ続けの反動か、なにをしてもまったく起きる気配がなかった。

そのため僕は一人で女帝旅団の本拠地を訪れたあと、〈現地妻〉を発動。

主従契約を結んでいるリザさんとステイシーさんをそれぞれ二人の自室に瞬間移動させ、服

を着せてからベッドに寝かせておいた。ついでに体力回復作用のあるポーションも飲ませておいたので、高レベルの冒険者である二人ならこれで多分大丈夫だろう。

アリシアは「元いた場所」が宿のベッドの上になっていたので、こっちも同じ要領で宿に戻しておいた。

そして僕は諸々の後処理を終えたあと、女帝旅団の本拠地から歩いて宿へと戻っていた。

「本当は〈現地妻〉で帰ってもいいんだけど……三日間も引きこもって仲良ししまくってたせいか、なんか感覚がおかしいんだよね……」

人の往来がある街中を歩いていると、なんというかこう、「まともな人間性」が戻ってくるような気がする。なのであえて徒歩を選んだのだった。

それに、歩きながらちょっと考えを整理しておきたいこともあったしね。

「ステータスオープン」

念じながら自分のステータスプレートを表示する。するとそこには、

エリオ・スカーレット　ヒューマン　〈淫魔《いんま》〉レベル265
所持スキル
絶倫Lv10　　主従契約（Lvなし）
男根形状変化Lv10　　男根形質変化Lv10

男根分離Ｌｖ８
異性特効（Ｌｖなし）
男根再生Ｌｖ８
適正男根自動変化（Ｌｖなし）
現地妻（Ｌｖなし）
ヤリ部屋生成（Ｌｖ１）
精神支配完全無効（Ｌｖなし）
自動変身（Ｌｖなし）
？？？？
？？？？
？？？？

「なんか、また？？？？の未発スキルがたくさん出てるんだよね……」

未発スキルは通常、急激なレベルアップなどの際に出現し、なんらかの条件を満たすことで完全発現するスキルだ。

けど今回はどうも、急激なレベルアップの代わりに出現したという感じがあった。

アリシアとリザさんとステイシーさん……〈ギフト〉の格が高くレベルも高い三人と同時に仲良ししたにしては、レベルの上がりが低い。恐らく今回はレベルアップではなく、スキル発現のほうに経験値が作用したのだろう。

「成長するのはアリシアを守ることに繋《つな》がるから大歓迎なんだけど……なんだかまたろくでもないスキルな気がするし、自動変身や主従契約のときと同じで気をつけとかないと」

と、そんな風に考えを整理しながら宿へと続く路地裏を歩いていたときだ。

「あー、んー、ぬうううっ？」

盛大な唸《うな》り声が聞こえてきて立ち止まる。

声のするほうへ目を向けてみれば――そこにはかなりガタイのいいヒューマンの男性が立っていた。

街に来たばかりなのか全身を旅用のローブで覆《おお》っているけど、その上からでもわかるほど逞《たくま》しい身体《からだ》だ。

「今度こそ一人で行けると思ったんだが、地図というのはどうしてこうわかりにくいんだ……ぐぬぬ、しかしこのことはまだ部下にも秘密だし――むっ！」

「え」

なにやらブツブツと呟《つぶや》いていた男性が僕の存在に気づいた。

かと思えば急に近づいてきて、

「少年！」

「うわっ⁉」

ガッ、と肩を掴《つか》まれてびっくりする。

しかもローブから覗《のぞ》くその顔はかなりの強面。

年齢は40代ほどで、急に近づいてきたその厳めしい顔に少し圧倒される。

するとそのおじさんは弱り切った顔で口を開いた。

「少年、君は地図が読めるか？」

「え……？　ま、まあ人並みには」

瞬間、おじさんの強面がぱっと華やぐ。

「そうか！　いや実は道に迷っててな。人に聞こうにもあまり目立ちたくなく……というかいつの間にかこの人気《ひとけ》のない路地裏から抜け出せなくなって困ってたんだ。この×印の場所に行きたいんだが案内を頼めないか？」

言いながらおじさんが地図を差し出してくる。

教会や商会などの主要公共施設が目印として書き込まれたこの街の簡易地図だ。

×印の位置は……多分ここからそう遠くない。

「ええと、このくらいの道案内なら大丈夫ですよ」

「！　そうか！　助かる！」

そうして僕はその変なおじさんの道案内をすることになったのだけど――。

「……むっ。なんだか甘い香りが……」

「あれ!?　ちょっ、おじさんが消えた!?」

道案内早々、おじさんが消失した。

慌てて辺りを探すと、おじさんは大通りの屋台にふらふらと引き寄せられていて、両手に大量のクレープを買い込んでいた。

「なにしてるんですか!?」

「え？　あ、いや、甘い香りがしたからつい……あれ？　ここはどこだ？」

「そんなことだから道に迷うんですよ！」

「ぐぬ……ま、まあそうカッカするな少年。ほら、駄賃代わりだ。私がおごるから君もこのクレープを食え。美味いぞ！」

「もう……次から気をつけてくださいね」

おじさんにバシバシと乱雑に肩を叩《たた》かれて呆《あき》れながら、僕は道案内を再開した。

そして――、

「――おお！　ここだここだ！　私が目指していたのはこの建物だ！」

目的地に辿《たど》り着いたおじさんが目を輝かせて歓声をあげる。

それから僕の手を握ってぶんぶん上下に揺すりながら、

「本当に助かった！　クレープとは別にこのお礼は必ずさせてもらうから、時間があるときにでもこの紙に書かれた場所を訪ねてきてくれ！　話は通しておく」

「ど、どういたしまして」

強面に似合わない笑顔で真《ま》っ直《す》ぐに謝意を伝えられ、つい照れてしまう。

甘味の匂《にお》いに惹《ひ》かれたおじさんが三回ほど消えて大変だったけど……こうも素直に喜んで

もらえると案内してよかったと思えてくる。

（ちょっと豪快で適当だけど、なんだか気持ちのいいおじさんだな……それにしても）

僕はそこで、道案内の途中から気になっていたことを訊《たず》ねた。

「あまり詮索《せんさく》するのもアレですけど……こんなところに一体なんの用なんですか？」

女帝旅団の本拠地である大きな建物と高い塀《へい》を見上げながら僕は首をひねる。

するとおじさんは「ああ、大したことじゃないんだが」と言いながらローブを脱いだ。

「え!?」

その下から現れたおじさんの装備に僕はぎょっとする。

それは見るからに超一線級の鎧《よろい》。そして巨大な戦斧《せんぷ》だったのだ。

「ああ、少年は危ないから早く帰っておくといいぞ」

そしておじさんは驚く僕を手で追い払うような仕草をしつつ——巨大戦斧を思い切り振り下ろした。

瞬間、

ドッッッゴオオオオオオオオオオオオオン！

破壊の嵐が巻き起こった。

鼓膜が破れそうなほどの轟音《ごうおん》。吹き飛ぶ塀に割れる地面。

その攻撃は塀から距離のある女帝旅団本拠地本邸にまで届き、一部が崩落。

その衝撃に「なんだ!?」と女帝旅団構成員が慌てて飛び出してくるなか……迷子おじさんが大音声で叫んだ。


「最近腐抜けてるらしいじゃねえか女帝どもおおおお！　獅子王《ししおう》旅団九代目頭領、シルビス・ガーディナイトが気合いを入れに——もとい攻め滅ぼしに来てやったぞおおおおっ！」


「えええええええええええっ!?」

大気を揺るがす迷子おじさんの咆哮《ほうこう》に、僕は負けず劣らずの悲鳴を漏らした。

▼第16話　性剣かわかむり

「え、ちょっ、どういうこと!?」

凄《すさ》まじい威力の攻撃に崩れ落ちる女帝旅団の本拠地。

そのとてつもない光景を前に、僕は混乱の極地にいた。

(あの気持ちのいい迷子おじさんが三大旅団の一角、獅子王旅団の頭領!?)

あまりに唐突な展開になにかの間違いじゃないかと疑う。

けど、

「ぬああああっ！　スキル〈豪爛戦斧《ごうらんせんぶ》〉！」

ドッゴオオオオオオオオン！

女帝旅団の敷地内で遠慮なく放たれるその攻撃の威力は破格。

旅団の堅牢《けんろう》な砦《とりで》がいとも容易《たやす》く破壊されていく。

さらには、

「なんだこのアホみたいな攻撃は⁉　――げっ、獅子王《ししおう》⁉」

「敵襲敵襲！　獅子王が攻めてきやがったぞおおおおっ⁉」

「この化け物オヤジが！　なに好き勝手やってギャアアアアアアッ⁉」

慌てて出てきた旅団構成員の皆さんが迷子おじさんを見るや顔面蒼白《がんめんそうはく》。

口々に「獅子王が攻めてきた！」と叫び、その横暴を食い止めようとしては吹き飛ばされる。

ちょ……⁉　本当の本当に獅子王本人⁉

いやけど、それはそれでおかしな話だ。

獅子王旅団はサンクリッドを統べる三大旅団の中でも比較的良心的な部類。

それはトップを務める獅子王の影響が大きいらしく、抗争相手の本拠地に単身突撃とか無茶苦茶をするような人じゃないと聞いていたのに。

……あ、でも、

（女帝旅団が腑抜けた云々《うんぬん》って言い分からして、弱ってそうだから一気に潰《つぶ》しに来たとかはありうるのか……!?）

僕とアリシアの命令により、最近の女帝旅団は牙を抜かれ一気にクリーンな集団になった。

それを急激な弱体化と捉えたとしたら……あり得ない話じゃない。

ならこの騒ぎは、女帝旅団から牙を抜いた僕の責任ってことに!?

「オラアアアアア！　女帝と豹女《ひょう》はここまでやっても出てこねえのかあ!?　噂《うわさ》通り本当に腑抜けたというなら、ここで討ち取ってやろうかああ！」

言って、獅子王はずんずん敷地内に踏み込んでいく。

その進行方向は女帝旅団の中枢――ステイシーさんたちの居住区だ。

「ま、まずい！」

女帝旅団トップであるステイシーさんとリザさんは現在、仲良し大運動会の影響で気絶中。

足腰もまともに立たなくなっており、抗争なんてできる状態じゃない。

女帝旅団が弱体化しているという獅子王の勘違いは、この瞬間だけ大正解なのだ。

「ま、待ってください！　女帝たちはいま出かけてるだけなんです！」

僕は慌てて獅子王を止めに入った。

短い間ながら笑顔を交わし合った相手。

攻撃するのは躊躇《ためら》われたため、まずは説得を試みる。だけど、

「ん？　なんだ少年、まさか女帝旅団の関係者だったのか？　それは悪いことをした。だがこれも巡り合わせ。この旅団が潰《つぶ》れたあとはうちに来るといい！　スキル〈剛毅爆砕〉！」

まったく聞く耳を持ってくれない！

そしてそのままステイシーさんたちのいる居住区のほうへ強力な一撃を放とうとする獅子王《ししおう》に、僕も腹をくくった。

「男棍棒！」


ビキビキビキズアァ！


股間《こかん》から飛び出すのは、〈淫魔《いんま》〉スキルで急激に硬く大きく膨《ふく》らんだ僕の男根。

超重量の鋼鉄をアダマンタイトで包んだ最硬の棍棒だ。


ガゴオオオオオオオオン！


強力な打撃武器と化した僕の男根で、獅子王の一撃を受け止める。

「う、ぐううっ!?」

凄《すさ》まじい威力に僕は目を剥《む》いた。

レベル265に達した〈淫魔〉の膂力《りよりよく》でも全身が軋《きし》む。

その一方、獅子王は僕以上の衝撃に襲われているようだった。

「ぬっ!?　その年でレベル260の〈豪魔戦士〉であるこの私を止めるだと!?」

獅子王が驚愕《きようがく》する。

しかしさすがはベテラン冒険者らしく動揺は一瞬。

「女帝旅団め、ずいぶんな隠し球を……だが私は止まらんぞ。腑抜けたという女帝どもの顔を拝むまではなぁ！」

「っ！」

すぐに体勢を立て直した獅子王は攻撃を続行。強力なスキルを次々と叩《たた》き込んでくる。

説得の余地は皆無だった。

〈豪魔戦士〉……ステイシーさんの〈深淵魔導師《しんえん》〉と同じ、聖騎士に匹敵するともいわれる強力な近接特化〈ギフト〉だ。止めるには完全に気絶させるほかにない！

「やあああああああああっ！」

〈淫魔〉の膂力をフル活用。

男棍棒の大きさと形状を瞬時に変化させ、全力の一撃を獅子王に叩き込む！

「ぬっ!?　ぐおおおおおおっ!?」

確かな手応えとともに獅子王《ししおう》が吹き飛んだ。

これで倒せるかはわからないけど、かなりのダメージが入ったはず。

そう思い、追撃を仕掛けようとした直前。

「ぬううううっ！　変幻自在の魔剣に凄《すさ》まじい膂力《りょりょく》！　太刀《たち》筋も素晴らしい！　少年、君は本当に人族か!?」

「なっ!?」

平気な顔をして立ち上がった獅子王に僕は絶句した。

どういうことだと思っていれば、獅子王はそれを察したように不敵に笑う。

「スキル〈衝撃緩和【特大】〉。そして〈魔力防御【強】〉だ。この二つがある私に生半可《なまはんか》な近接戦で勝てると思うな！」

「ぐっ!?」

再び突っ込んできた獅子王に迎撃を加える。けど獅子王が言ったように何度強力な打撃を加えてもろくに効いていなかった。このままだとジリ貧だ。

（くっ、〈魔力防御〉もあるってことは、レジーナと同じでアダマンタイトの斬撃も効きが悪いか!?　有効打になるとしたら魔力防御を貫通できる男根剣・煌《こう》だけど……人に使ったら火力の調節ができなくて焼き殺しちゃうよ！）

相手がモンスターなら火力全開でねじ伏せられる。

けど相手は人間で、しかも悪人とは言えない人だ。

かといって手をこまねいていたらステイシーさんたちが危険……と獅子王の攻撃をギリギリでいなしながら懊悩《おうのう》していたとき——カチャン。

腰に下げていた聖剣が防具にぶつかり音を鳴らした。

その瞬間、

（っ！　そういえば）

極限状態の頭が天啓を閃《ひらめ》く。

（不壊武器である聖剣は耐熱性もピカイチだったはず。加えて持ち主の魔力を伝達する能力も飛び抜けてて……）

一度も試したことのないアイデアだ。

加えてこれは、憧れの聖剣を穢《けが》す行為にほかならない。

けど、これしか女帝旅団を守る手がないというのなら——。

「そらどうした少年！　もう終わりならとっとと道をあけてもらおう！」

動きの止まった僕に獅子王が突っ込んでくる。

そんな彼に、僕は腰から抜いた聖剣を振るった。

次の瞬間、

「ぬっ!?　ぐあああああああっ!?」

獅子王《ししおう》が悲鳴をあげ、大きく後退した。

鎧《よろい》に包まれたその身体《からだ》に、熱で溶けたような大きな傷が走る。

「……っ⁉　私の〈魔力防御〉が強引に引き裂かれた⁉　なんだその剣は⁉」

獅子王が驚愕《きょうがく》とともに僕の聖剣を凝視する。

土壇場での思いつきだったけど……どうやら実験は成功したようだ。

なにをしたのかといえば、僕はウェイプスさんにもらった聖剣の一部を、自分の男根で包み込んだのだ。そしてその状態で男根剣・煌《こう》を発動させた。

すると聖剣は炎熱の威力を抑えた状態で、魔力の熱はそのまま伝達。

〈魔力防御〉を貫通する威力を備えたまま、殺傷力を抑えた形態を実現したのだ。

「男根剣・煌――応用形態〈燥冠《かわかむり》〉」

それがこの新しい聖剣の名前だ。

聖剣を最悪のかたちで汚してしまったのはなんかもう言葉にならないんだけど……とにかくこれなら獅子王を殺さず止められる！

「これで終わりだあああああっ！」

「ぬうううううっ！　こしゃくなあああああっ！」

男根剣・煌の魔力消費は豪魔結晶の恩恵があってなお激しい。

僕は一気に勝負を決めるべく、まだ余力を残した獅子王へ全力で斬りかかった。

――その瞬間。

――ボンッ！


「ふぇ⁉」

僕の視線の高さが、急に変わった。

え⁉　これまさか変身スキルが発動してる⁉

勝負に集中しすぎて余裕がなくなったから⁉

いやでも、だったら誰がこんなときに強烈な思念を⁉　と困惑していたところ、

「……なっ⁉　少年の姿が、変わった……⁉　…………え？」

僕の目の前にいた獅子王が、愕然《がくぜん》とした表情で動きを止めた。

その瞳に映るのは――この世のものとは思えないほど筋骨隆々のイケメンになった僕で。

え？　と僕の頭の中が真っ白になったその直後。

「まさか……苦節二十年……こんなところで運命の相手に出会えるとは……⁉」

トゥンク……

獅子王《ししおう》が意味不明なことを言いながら僕の手を取り跪《ひざまず》く。そして、

「一目惚《ぼ》れだ。この身を一生捧げる。どうかこの想いに応えてほしい」

「ちょっ、ええええええええっ⁉」

獅子王の熱烈なプロポーズに、僕は絶叫して逃げだそうとした。

が、その直前。

——ボンッ！

「え？」

獅子王の姿が謎の光に包まれた。

かと思えばその体がみるみる小さくなり——、

「おおっ、一部を除いてもとの姿に戻れた！　道に迷っているところを助けられたことといい、やはり君との出会いは運命だ！　さあ交尾しよう！」

獅子王が、角の生えた絶世の美少女に変身していた。

▼第17話　突いていいのは突かれる覚悟のあるヤツだけだ

「っ!?!?」

テンション高く叫ぶ目の前の美少女に、僕は脳みそが破裂してしまいそうな混乱に陥っていた。

ちょ、ちょっと待ってちょっと待って！

どうして獅子王がいきなり美少女に変身してるんだ!?

しかもただの美少女じゃない。

美少女と化した獅子王の頭から生えるあの角……。

僕の記憶違いじゃなければ、希少長命種といわれる龍人族のもので間違いない。

つまり獅子王はヒューマンの男性ではなく龍人族の女の子だったということで――なんかもう怒濤《どとう》の展開すぎて頭が追いつかない！

混乱で頭がおかしくなりそうになった僕は、ひとまずこれまでの経緯を整理してみる。

1　迷子おじさんは獅子王旅団の頭領だった

2　獅子王《ししおう》は女帝旅団が弱っていると考え、攻め滅ぼしにきたらしい

3　僕はそれを聖剣で食い止めた。聖剣で。

4　獅子王の思念で〈自動変身〉スキルが暴発し、僕は筋骨隆々のイケメンに変身

5　獅子王が龍人族の女の子に変身した

……。

どうしよう、全然意味がわからない……！

と、引き続き混乱状態で固まっている僕の身体《からだ》に、美少女化した獅子王が思い切り抱きついてきた!?

「おおおっ♥　幻術の類《たぐ》いかと思えばこの筋肉も男臭さも本物♥！　先ほどの化け物じみた強さといい姿形が完全に変わったことといい、魔族以上の人外としか思えないが……まあ細かいことはどうでもいい！　私とつがいになってくれ♥！」

「ちょっ、まっ、待ってください！　色々と待ってください！」

獅子王はいきなり身体が縮んだせいで、鎧《よろい》やら服やらがぶっかぶか。

ほとんど半裸のような状態で僕に抱きついてきていた。

僕はそれを必死に引き剥《は》がしつつ、叫ぶように疑問を口にする。

「どうなってるんですか色々と！　なんでいきなり女の子に!?　さっきまでは正真正銘《しょうしんしょうめい》の男性でしたよね!?」

〈異性特効〉が発動していなかったことからそれは明らか。

しかしいまはどうも〈異性特効〉が発動しているようで、僕の身体には力が漲《みなぎ》っていた。

すると獅子王は「おっと、興奮しすぎて説明を忘れていた！」とうなずき、自らの身の上を語り出した。

「これはな、呪《のろ》いなんだ」

「の、呪い？」

「うむ。龍人族は寿命が長いぶん、里に様々な古代マジックアイテムがあってな。私は幼い頃にそれをイジって呪いを受けてしまったんだ。しかもその呪いというのが、実年齢に即したヒューマンの男に変身させられるというもの。龍人族にとって四十歳などまだ子供のようなものだというのに、そのせいであんな醜い姿になっていたんだ！」

獅子王は話を続ける。

「この呪いを解くには『真実の愛』を見つける必要があると、私を呪ったマジックアイテムは告げた。誰かを心底本気で好きになる必要があるのだと。だから私は里を抜け、各地を放浪していたんだ。そして人が多く集まるこのダンジョン都市に流れ着いた。それからおよそ十年。私に真実の愛を教えてくれる男を効率良く探すために名声を高め、いつの間にやら旅団団長なんかに上り詰めていたが、それでも私の呪《のろ》いを解いてくれる相手は見つからなかった。寿命の長い私だが、もうほとんど諦《あきら》めていたんだ。だが！」

獅子王《ししおう》がまた僕に力強く抱きつきながら鼻息を荒くする。

「少年、君が現れた！　理想的な筋肉に見ているだけで濡《ぬ》れそうな顔面！　ああ、いま私の胸に宿るこの熱い想いこそが真実の愛だったんだ！　だからいますぐ交尾しよう！」

「いやいやいやいやいや！」

獅子王の話を最後まで聞いて、僕は盛大なツッコミを入れた。

「それもう完全にいまの僕の外見しか見てないじゃないですか！　それが真実の愛っておかしくないですか!?」

ボン！

強く念じて変身状態を解除すると、僕はエリオ・スカーレット本来の姿に戻って獅子王に主張する。けど獅子王は譲らない。

「なにを言う！　性格、能力、外見、どれも人の魅力だ！　外見だけ不当に低く見るなんて差別はいかんなあ!?　それに事実として呪いは解けたのだからなにも問題はない！　だからほら、どういう仕組みか知らんがさっきの筋骨隆々イケメンに戻って私と交尾しよう！　出会ったその日に結ばれるというのも悪くないぞ！」

「嫌ですよ！　というか、さっきから気になってたんですけど……」

僕は怒濤《どとう》の展開ですっかり指摘するタイミングを失っていたその違和感へと目を向けた。

「獅子王さんが抱きついてくるたびに……なにか硬いモノが当たってるんですけど、なんなんですかこれ」

「ん？　ああこれか。実はな——」

言って、獅子王が服をたくし上げた。

「…………え？」

そしてその股間《こかん》から現れたモノに、僕は絶句する。

なぜなら美少女と化した獅子王の股間に、白く光る棒が生えていたからだ。

魔力が凝縮して形を成したような、白い巨塔が。

「実はこの呪いはまだ完全には解けていないんだ。ほら、おとぎ話によくあるだろう？　王子様のキスが呪いを解くというやつだ。だからほら。真実の愛を形にし、呪いを完全に解くためにも早く交尾しよう！　ちょっと君の中に魔力を解き放つだけだから！」

「ぜっっっっっっっったいに嫌ですよ！」

ただでさえアリシア以外の女の子と仲良しするのは抵抗があるのに、魔力棒を突っ込ませろなんて冗談じゃない！

呪《のろ》いが完全に解けないのは可愛《かわい》そうだけど……もっとほかに方法がないか検証してからにしてください！

「なっ、そんな残酷なことがあるか！　こんなにも子宮が疼《うず》く相手に出会えたのは初めてだというのにお預けだと!?　後生だ！　先っちょだけ、先っちょだけでいいから私の愛を受け止めてくれ！　ほら早くあの筋肉モリモリの姿になって、スケベしようやぁ」

「うわあああああっ！　誰か助けてええええええええええええええ！」

柔らかい体を押しつけてくる獅子王《ししおう》に僕が悲鳴をあげた、そのときだった。

「ああ!?　この有様《ありさま》はなんだおい!?」

「どこの馬鹿か知らないけど、私たちが寝ている間に随分と好き勝手してくれたみたいねぇ」

女帝旅団の敷地内にドスの利いた声が響き渡った。

見れば居住区方面に二人の人影が立っている。

（リザさん！　それにステイシーさん！）

僕が時間を稼いでいる間に、体力回復ポーションが作用したのだろう。

いつもの覇気《はき》をまとって現れた女帝旅団の2トップが膨大《ぼうだい》な魔力をまき散らす。

よ、よかった。これで助かる……と、思っていたところ——、

「っ⁉」」

リザさんとステイシーさんは僕のほうを見るやぎょっと目を見開いた。

かと思えば凄《すさ》まじい勢いで近づいてきて、

「おいエリオてめえ……あの底なし淫獣とヤるならまだしも、女帝旅団の敷地内でなにあたしら以外の女といちゃついてんだ……？」

「え⁉」

豹《ひょう》獣人のリザさんが低い声を漏らし、ステイシーさんも無言で圧をかけてくる。

あ、あれ⁉

助けを求めようと思ってたけど……なんだか助けを求められる空気じゃない⁉

そうして僕が困惑していたところ――ステイシーさんが「ん？」と声を漏らした。

「ちょっと待って……この女、まさか龍人族……？　ということはもしかして、あなた獅子王？」

なぜか。

僕に抱きついていた美少女が獅子王であると、ステイシーさんが一発で見抜く。

「おん？　おお、ステイシーか！　そうだそうだ、運命の相手に出会えたことですっかり忘れていた！　私はもともとお前らが腑抜けたと聞いて来たんだった。だが――」

獅子王はなぜか嬉しげにステイシーさんたちを見上げる。

そしてまたしても衝撃的な言葉を口にした。

「なんだ。その殺気に魔力。まったく腐抜けてなどいないではないか。これなら私が気合いを入れ直すまでもない。旅団同盟の話も進めていけそうだな」

「え？」

旅団同盟……？

激しい抗争を繰り返しているはずの両者にあり得ないはずの単語。

それを聞いて、僕はまた脳裏に疑問符を浮かべるのだった。

▼第18話　旅団同盟

獅子王《ししおう》による女帝旅団襲撃が中断されてしばし。

なんだか色々とカオスなことになっていたため、僕たちは一度落ち着いて話をすべく、女帝旅団の応接室に集まっていた。

そこで出されたお茶やお茶菓子を幸せそうに頬張《ほおば》りながら、獅子王が襲撃の理由を語る。

「いや勘違いさせてすまなかったなぁ少年！　実を言えば本気で女帝旅団を攻め滅ぼす気はなかったんだ。同盟締結を模索していたところに女帝旅団が急にヘタれたという話を聞いてな。様子見がてら気合いを入れ直してやろうと思っていただけなんだ！　同盟の話はまだ提案段階で周囲には秘密だったから、抗争を仕掛けるふりをしてな！　しかしそれにしても――」

と、獅子王《ししおう》は話の途中でなぜか椅子《いす》を降りて僕のほうへ駆け寄ってくる。

「そんな私の襲撃を止めた少年は本当に魅力的だったぞ？　人族の子供とは思えないあの戦闘力、この私に真《ま》っ直《す》ぐ立ち向かう度胸。あの筋骨隆々のイケメン姿だけでなく、中身もこの私が愛を捧げるにふさわしい傑物だ。だから、な？　私とつがいになろう？」

「ちょっ、だからそれは無理ですって獅子王さん！」

しなだれかかりながら猫なで声で甘えてくる獅子王を必死に押し返した。

そのときだ。

ガギィン！

「っ!?」

突如、武器と武器がぶつかり合う衝撃波が応接間に響く。

なにかと思えば――豹《ひょう》獣人のリザさんが振り下ろしたかぎ爪を、獅子王がサイズ可変の戦《せん》斧《ぶ》で受け止めていたのだ。

さらにはステイシーさんが両手に深淵《しんえん》魔法を発動させていて、リザさんと一緒に獅子王を睨《にら》みつける。

「おい獅子王。てめぇどこまで好き勝手やるつもりだ？　そいつから離れろ色ボケが……！」

「いい加減にしないと、私の魔法で塵一つ残さず消し飛ばすわよ……？」

女帝旅団のトップ2を中心に凄《すさ》まじい魔力と殺気が吹き荒れる。

そんな二人に僕が「っ!?」と戦《おのの》く一方、獅子王はどこ吹く風だ。

「……ふーむ。なるほどなぁ。腑抜けたとは聞いていたが、この嫉妬《しっと》丸出しの余裕のなさ。つまるところ男ができて丸くなっていたということか。街の冒険者どもに恐れられた女帝とチンピラが可愛《かわい》くなったものだな」

「なによその腹の立つニヤケ面は……！　本当に死にたいらしいわね……!?」

バチバチバチバチ！

僕を真ん中に挟み、女帝と獅子王が睨み合う。

その凄まじい魔力のぶつかり合いに、なぜだかいますぐ逃げ出したくなる。

ちなみに。

こんなに獅子王と敵対的なステイシーさんが龍人族の美少女＝獅子王とすぐ気づいたのは、獅子王の本来の種族や呪《のろ》いについて本人から直接聞いたことがあったかららしい。というか獅子王はこのダンジョン都市に流れ着いてからしばらくはわりと頻繁に自分の呪いについて語っていたようで、彼女の正体はダンジョン都市の有力者や古参冒険者の間ではそこそこ有名だったのだ。

ただ、凶悪な顔をした中年男性が「私の正体は龍人族の女の子なんだ！」と主張するのはあまりにもアレだったため、さすがの獅子王も呪いについて公言することはなくなった。そのため知らない人が大多数になっていたとのことだった。

とまあ、そんな裏事情はいいとして……。

僕はいまにも殺し合いが始まりそうな室内の空気を変えるため、話を本題に戻す。

「ええと、ところでその、女帝旅団と獅子王《ししおう》旅団が同盟を締結しようとしてたっていうのは、結局どういうことなんですか？」

いま目の前で展開される女帝と獅子王の殺気立ったやりとりを例に挙げるまでもなく、このダンジョン都市に君臨する三大旅団は昔からバチバチの抗争を繰り返してきた関係だ。

ダンジョンを巡る利権、プライド、長年の確執《かくしつ》……理由は様々だけど、その対立は現在でもがっつり続いている。

「それなのに同盟の話が出てたなんて……。しかも獅子王さんは同盟締結のために女帝旅団に気合いを入れ直そうとしてたって言いますし、どうしてそこまで」

「あー、まあ簡単に言ってしまえばな」

僕の質問を受けて、獅子王たちが真面目な雰囲気を取り戻す。

そして少し言葉を選ぶような様子を見せたあと、獅子王ははっきりとこう告げた。

「このダンジョン都市の歴史の中で最もイカれた旅団――戦姫旅団を潰《つぶ》すために私たちは手を組もうとしてたんだ」

「……え？」

冗談でも何でもないその発言。

それを聞いた僕の脳裏をよぎるのは、以前ダンジョンで遭遇した天才冒険者、戦姫ソフィア・バーナードさんが幸せそうにご飯を食べる姿だった。

▼第19話　鮮血姫　ソフィア・バーナード

女帝旅団と獅子王旅団が手を組んで戦姫旅団を潰す……？

一体どうして？

呆気《あっけ》にとられる僕に、落ち着きを取り戻した女帝ステイシーさんが語る。

「もう半年近く前の話だけれど……このダンジョン都市では以前、〈血の一か月〉と呼ばれる事件があったわ」

事の始まりは、あまりに唐突な旅団頭領の交代劇だったという。

いまからおよそ半年前。

突如として頭角を現したソフィアさんは、当時所属していたらしい戦姫旅団の前身――血《けっ》姫《き》旅団のトップに頭領交代の一騎打ちを所望。

圧倒的な強さで先代頭領を下し、史上最年少で旅団頭領の座を勝ち取ったのだという。

けれど正式な決闘で行われたはずの頭領交代は、内部に多くの不満を生み出した。

ソフィアさんは一騎打ちを挑むまでの数年間どこかへ行方をくらませていたらしく、旅団への貢献はほぼゼロ。そんな少女がいきなり旅団のトップに立てば反発は当然で、内部抗争一歩手前だったそうだ。

けど結果的に、内部抗争は起こらなかった。

なぜなら頭領に就任したソフィアさんが、構成員の多くを即座に消したからだ。

そうして戦姫旅団に残ったのは、血姫時代から旅団運営を取り仕切っていた非戦闘員や新入り、あるいは一部の情報屋、そしてソフィアさんが舞い戻るとほぼ同時に寝返った一部の構成員だけだったらしい。

「正直、その粛正《しゆくせい》祭り自体は私たちもたいして問題視してなかったわ。頭領交代時の内部抗争なんてよくある話だし。先代の血姫は酷《ひど》い女でね。人身売買に手を出して、自分も気に入った子供をいじめて遊んでるようなクズだったから。血姫の部下も似たり寄ったり。私は連中が死んで清々《せいせい》しているし、この時点ではむしろ戦姫を応援してたくらいよ」

寝取り趣味のステイシーさんが若干自分を棚上げしながら言う。

「けど、戦姫はやりすぎたの。粛正はそれだけじゃ終わらなかったのよ」

ソフィアさんが行った粛正は、旅団内部だけに留まらなかった。

血姫旅団と関係のあった商人、ギルド職員、小規模旅団構成員に至るまで、あるいは粛正するほどの関係があったとは思えないゴロツキまで、極めて広範囲にわたって粛正が行われたのだという。

そうしてついた渾名が鮮血姫《せんけつき》。

転じて戦姫。

そんな二つ名がつくほどに粛正を続けた彼女の勢いは内輪揉《も》めの域を超えてダンジョン都市全体の治安を揺るがすような勢いで。

ゆえに女帝旅団と獅子王《ししおう》旅団は見回りと護衛を強化するようになり、その中で同盟の話が持ち上がったのだ。

いまは粛正で戦姫旅団の勢力が弱まっているからいいものの、頭抜けた力を持つ戦姫がもし組織拡大に動けば手がつけられなくなる。

だから今のうちに協力して潰《つぶ》すべきだと。

けど見回りなどを強化したおかげか、他旅団との衝突を避けていたらしい戦姫の暴挙はおよそ一か月で急速に鎮静化。ここ数か月は事件らしい事件も起きず戦姫旅団拡大の動きも見られなかったため、同盟交渉は一度ストップしていたらしい。

「だが最近になって、また戦姫旅団がなにか怪しい動きを見せているようでな。油断して交渉をサボっているうちに負けたでは笑い話にもならん。ゆえに少し無茶をしてでも同盟締結を急いだほうがいいと思った次第だ」

獅子王がそう言って説明を締めくくる。

「その話、本当なんですか……?」

それまで大人しく話を聞いていた僕は、信じられないという気持ちで疑問を口にした。

「僕もこの街に来る前に各旅団の評判くらいは聞いてましたけど、戦姫旅団がそこまで怖い集団だなんて噂《うわさ》は……」

「情報を少し止めてたのよ」

ステイシーさんがどこか気まずそうに言う。

「たった十八歳の頭領。加えて内ゲバで構成員が激減した旅団の暴挙に、ダンジョン都市の二大旅団が牽制《けんせい》しかできなかったなんて面子《メンツ》に関わるから。粛正《しゆくせい》事件自体は一か月で止まったこともあって、軽い噂だけが広まったんでしょうね。そもそも別の街の情報なんてなかなか正確には伝わらないし」

それは確かにそうだけど……。

「ま、なんにせよだ!」

いまだに一連の話を信じられないでいる僕の横で、獅子王《ししおう》さんが声を張り上げる。

「長年いがみ合ってきた旅団同士による同盟締結ということでさすがの私も慎重になっていたわけだが、ここにきて裏切りやらなんやらの懸念を払拭《ふつしよく》できるキーマンが現れた!」

「うぇ!?」

獅子王が僕の背中をバシバシと叩《たた》きながら嬉しげに言う。

「女帝と豹《ひょう》女は少年に夢中。私も少年に夢中。そして少年は見るからに善性の塊《かたまり》だ。少年さえ中心にいてくれれば安心して同盟を結べる。だろう女帝よ！」

「……まあ、そうね」

「よしよし。ではまたなにか戦姫旅団に動きがあれば、それを機に正式な同盟締結を発表。戦姫の暴挙を事前に食い止めることとしよう。少年、そのときは君も協力してくれるな？」

「は、はぁ」

ソフィアさんと敵対するための同盟結成に力を貸すことに抵抗はある。

けどなにかの間違いでソフィアさんが糾弾されているのだとしたら僕が同盟の中心にいたほうがなにかと都合がいいのは間違いない。

釈然としないものはありながら、僕は同盟締結を見届けるのだった。

＊

その後。

獅子王が「真面目な話は終わったから」とまた抱きついてきたので、僕は〈現地妻〉の力を使って宿へと逃げ帰っていた。

それから一夜明け、お昼前。

僕はベッドに寝転がりながら、頭の中でステイシーさんたちの話を何度も反芻《はんすう》していた。

鮮血姫とも呼ばれたソフィアさんの暴挙について。

けれど、

「……やっぱり、ソフィアさんがそんなに凶暴な冒険者だとは思えないんだよなぁ」

何度考えても、思い浮かぶのは美味《おい》しそうにご飯を食べていたソフィアさんだ。

確かに出会い頭に「殺そうか」と一触即発《いっしょくそくはつ》の雰囲気にはなったけど、その後のやりとりでソフィアさんのイメージはすべて上書きされてしまっている。

だからこそ、大規模な粛正《しゆくせい》を行う凶悪な人物像とソフィアさんが重ならない。

「……気になるなら、直接本人に話を聞いてみるとか……？」

ベッドに腰掛けながらアリシアがそう提案してくれる。

僕が宿に戻るのとほぼ同時に目を覚ましていたアリシアには事情をあらかた伝えてあった。

「まあそれが一番だよね。けど、ソフィアさんがいまどこにいるかなんてわかんないんだよね……」

出会いも別れも唐突で、連絡方法なんて聞いていない。

現在の戦姫旅団は少数精鋭なので拠点らしい拠点もないようで、神出鬼没《しんしゅつきぼつ》らしいソフィアさんに会いに行く方法なんて思いつかないのだった。

とはいえ宿でゴロゴロしてても仕方ないし、はじめてソフィアさんに出会ったダンジョン下層にでも行ってみようかと身体《からだ》を起こした――そのときだった。

「っ!?　誰っ」

アリシアが突如聖剣に手をかけ窓の外に鋭い視線を向けた。

それが〈周辺探知〉スキルによるものだと気づいた僕も即座に臨戦態勢《りんせんたいせい》に移る。

すると地上から四階の位置にある窓が外から開き――


「あ……見つけたぁ♥」


「っ!?　ソフィアさん!?」

件《くだん》の人物。

戦姫ソフィア・バーナードさんが、爛々《らんらん》とした瞳で僕を見つめていた。

▼第20話　戦姫の恩返しとアリシアのイタズラ

「あ……見つけたぁ♥」

「ソフィアさん!?」

四階の窓から突如として現れた戦姫に、僕とアリシアは目を見開いていた。

なにせ、いままさに会いたいと思っていた件《くだん》の人物が向こうからやってきたのだ。

それに――、

「僕らの宿の場所なんて教えてないはずなのに、どうしてここが……？」

「……あなたは心地のいい匂《にお》いをしてたから……すぐ居場所がわかりました……」

ソフィアさんが狼人《ウエアウルフ》の耳と尻尾《しっぽ》をパタパタと動かしながら得意げに自分の鼻を指さす。なるほど、匂いを辿《たど》ってきたのか……。

「……それで、なにをしに来たの……？」

アリシアが武器を構えたままソフィアさんに告げる。

血の一か月事件を起こし鮮血姫とも呼ばれるようになったソフィアさんの強襲に、かなり警戒しているようだ。

僕もソフィアさんが起こしたという粛正《しゅくせい》事件はなにかの間違いじゃないかと思いつつ、いきなりすぎる来訪に少なからず緊張する。

けれど、

「……言いましたよね……ダンジョンでご飯を分けてもらったお返し、近いうちに必ずするって」

「え……？」

「だから今日は……あなたたちに……ご馳走しようと思って……」

ソフィアさんはその整った顔を赤らめ、照れ臭そうに目を泳がせながらそう言った。

「……屋台の次は、あっち。屋上のオープンテラスで、ゆっくりできるそうです。あと、パンケーキが絶品、らしいです」

宿にソフィアさんが襲来したあと。

僕とアリシアはローブで軽く顔を隠したソフィアさんに手を引かれるまま、街の飲食店巡りをしていた。

お返しをしたいというソフィアさんの様子が本気っぽかったし、粛正事件について色々聞けるかもしれないと思ったからだ。

けれど、

(なんだかソフィアさんが凄《すご》く楽しそうで、血腥《なまぐさ》い話をする雰囲気じゃない……！)

『……あ、これ美味《おい》しいです。ほら、エリオールさんもどうぞ……』

『……次は、アソコに行きましょう。ほら早く』

などなど。

目をキラキラと輝かせて僕らに食事を勧めてくるソフィアさんはまるで子供みたいで、僕はどうにも本題を切り出せないでいた。

と、そんなときだ。

「……すみません。なんだか私だけはしゃいでしまって……」

ソフィアさんがパンケーキを頬張《ほおば》りながら、少し気まずそうに顔を伏せた。

「実は私……これまでずっとお友達がいなくて……こうして誰かとお店を巡るのが、ずっと夢だったんです。恩返しとか言って……実は私が楽しみたかったというのが大きくて……付き合ってもらってありがとうございます」

「え、いやいやそんな、僕たちも十分楽しいですよ！　この街に来てけっこう経ちますけど、知らないお店ばっかりでしたし」

「……そうですか。ならよかった……あ」

と、ソフィアさんが僕の顔を見てなにかに気づく。

かと思えば「クリーム……ついてますよ……」と一言。

僕の頬《ほお》からすくいとったクリームをペロリと舐《な》めながら小さくはにかんだ。

「……っ！」

その動作に思いがけずドキッとしながら、僕は改めて思う。

(う、うーん。やっぱりソフィアさんが大規模な粛正《しゅくせい》事件なんて起こすようには思えないんだよなぁ)

とはいえ訊《たず》ねてみないことには真相なんてわからない。

さてどうやって切り出したものかと思案していた——そのときだった。

僕の下半身に、なにかがもぞもぞと這《は》い寄ってきたのは。

え、なに!? と思ってみれば……おしゃれなパンケーキの並べられたテーブルの下で、向かいに座るアリシアが僕のアソコに足を伸ばしていた。わざわざ靴まで脱いで。

「ちょっ、アリシアなにやってるの!?」

ソフィアさんに気づかれないよう、視線と口パクでアリシアに訴える。

するとアリシアは何食わぬ顔でおしゃれなパンケーキを頬《ほお》張《ば》りながら、

「……なんか、私と雰囲気の似てるソフィアさんがエリオとイチャイチャしてるのを見たら、ムラムラしてきて……エリオの一番は私だって、マーキング仲良しがしたくなっちゃって……」

言いつつ、アリシアは素足で僕の太ももを撫《な》でる。

かと思えば器用に指先で僕のアソコをつまむと、シコシコぐにぐにと激しい愛撫《あいぶ》を繰り返しはじめた。真っ昼間、オープンテラスのおしゃれなお店のど真ん中で!

「ちょっ、アリシアっ、バレちゃう、バレちゃうから……!」

身体《からだ》に力を込めて刺激に耐える。

けどアリシアは「あ……エリオが、凄《すご》く可愛《かわい》い……♥」と新たな扉が開かれたような顔をしていてダメそうだった。

くっ!?　このままじゃ僕のアソコが仲良しで爆発しちゃう！

ソフィアさんは匂《にお》いに敏感みたいだし爆発したら絶対に隠し通せない！

こうなったら少し不自然だけどお手洗いに……と僕とアリシアが水面下で謎の攻防を繰り広げていた、そのときだった。


——カチャン。


「……ああ、美味《おい》しかった。本当によかったです。最後に……お友達と、この街を巡ることができて」

「え?」

パンケーキを食べ終えてフォークとナイフを皿に置いたソフィアさんが、不意にそんなことを口にした。

机の下で激しくシコシコくにくに！　とやられて悶《もだ》えながら、僕は不自然な空気の変化を察してソフィアさんに顔を向ける。

「……実は、あなたたちへのお返しは、ご馳走だけじゃないんです。……むしろ、こっちが本命」

そしてソフィアさんは可愛《かわい》らしく微笑《ほほえ》むと、ソレを口にした。

「……私、今日にでもこの街を滅ぼす予定なんですけど……そのとき、あなたたちだけは助けてあげようと思ってて」

「……は？」

時間が止まった。

アリシアも水面下シコシコをやめて目を見開く。

けど耳を疑う僕らをよそに、ソフィアさんはなおも信じがたい話を続けた。

「……あなたたちはお友達ですし……まだこの街に来て日が浅いとのことでしたから……殺すほどじゃないかなって……だから、いまのうちに安全な場所まで送ってあげます。それが私のお返し……。あ、でもよかったら、あなたたちにも手伝ってもらえると、嬉しいです……女帝旅団も獅子王《ししおう》旅団も戦姫旅団も、街の人も……全部全部、根絶やしにする手伝いを……」

「ちょっ、ちょっと待って！」

当たり前のように語り続けるソフィアさんに、僕はたまらずストップをかける。

「街を滅ぼすって、本気で言ってるんですか……？」

「……？　当然でしょ？」

「……っ!?」

普通なら戯《ざ》れ言《ごと》か冗談としか思えない言葉。

けれどソフィアさんの纏《まと》う殺意が、瞳から溢《あふ》れるドス黒い感情が、本気の言葉だと僕たちに容赦《ようしゃ》なく突きつけてくる。

彼女は本気で、街を滅ぼすと言っているのだ。

「ど、どうして……」

思わず口から言葉が漏れる。

「半年前の大規模な粛清事件もソフィアさんが起こしたと聞きました。こんなに楽しそうに街を散策して、僕たちを友達だと言ってくれて、血姫旅団の冒険者でもあったソフィアさんがどうして街を滅ぼすなんて……！」

「……私が、血姫旅団の冒険者……？」

僕の漏らした言葉を遮《さえぎ》るように、ソフィアさんが低い声を漏らす。

「……そんなわけ、ないでしょ。私は……血姫旅団の奴隷《どれい》だったんですよ……？」

「え……」

ソフィアさんの言葉に再び言葉をなくす。

そして彼女はまるでなにかに取り憑《つ》かれたかのようにまくし立てた。

「……十歳で両親を失って、冒険者になれば稼げると言った人買いに騙《だま》されて、血姫旅団ではずっと、都合のいい雑用として酷使されてきた……残飯だけ与えられて休みなくダンジョン攻略の荷物持ちをさせられて、稼ぎは全部奪われて、血姫にはいじめられて……ほかの子も怪我《けが》や病気になって……そんな私たちを、この街の誰もが、見て見ぬ振りをして……！　そのまま死ぬまで、見捨てられ続けるんだって、思ってた。けど……」

言葉をなくす僕たちの前で、ソフィアさんが笑った。

まるで三日月を割ったかのように口角をつり上げて。

「私は……強くなったの。血姫旅団だけじゃなく、この腐った街を滅ぼせるくらいに。だから……滅ぼす。この街で唯一仲良くなれたあなたたち以外のすべてを」

「……っ」

貴族に生まれた僕たちでは想像もできないソフィアさんの境遇に、なにも言えなくなる。

血姫旅団を滅ぼしたことも、関係者を粛正《しゆくせい》したことも、安易に否定なんてできなかった。

けど、

「本気で街を滅ぼすつもりなら……僕は君を止めなきゃいけない」

断言する。

「君を酷《ひど》い目に遭わせた人がまだ残ってるって話なら、僕は協力したと思う。けど直接関係ない人まで巻き込みはじめたら……もう戻れなくなる。多分二度とパンケーキを食べて笑えなくなる。だから、考え直してください」

言ってソフィアさんの意識を引きつけながら、僕はすでに動き始めていた。

アリシアの愛撫《あいぶ》によって硬質化していた男根を静かに変形。

複数の触手と化した男根をにゅるにゅる動かし、机の下からソフィアさんに這《は》い寄らせる。

――いまだ、隠密男根捕縛《ほばく》！

と、瞬時に形を変えた男根でソフィアさんの全身を締め上げようとした瞬間だった。

「……そうですか……残念です……」

「っ⁉」

まるで事前に男根の動きを察知していたかのように、ソフィアさんが爆発的な速度で僕らから距離を取った。

「……でも、あなたたちが大切な友人であることには変わりないですから……街の人たちを皆殺しにしても、あなたたちは助けてあげます……それでは……」

「っ！　ソフィアさん！」

周囲のお客さんが何事かと騒ぐなか、ソフィアさんの姿が一瞬で掻《か》き消える。

「アリシア、周辺探知を！」

「……ダメ……ソフィアさんらしい気配が、どこにもない……感知できない……！」

「くっ、ダンジョンで初めて出会ったときといい、神聖騎士《アリシア》のスキルをすり抜ける隠密スキルでも持ってるのか……⁉」

ソフィアさんを取り逃がしてしまったことに歯がみする。

そんな僕の手をアリシアがそっと引いた。

「……エリオ……あの人、どこかおかしかった……」

ぽそりとアリシアが言う。

「いくら酷《ひど》い目に遭ったからって、街を滅ぼすまで発想が飛躍するなんて……おかしい。それに上手《うま》く言えないけど……ソフィアさんから、なにか良くない気配がしてた……気がする。早く見つけて……止めないと……」

「嫌な気配……？」

それは、伝説級の〈ギフト〉と言われる神聖騎士の勘かなにかだろうか。

わからない。

けどソフィアさんがどこかおかしいというのは僕も同意見だ。

だから、

「すぐにソフィアさんを追いかけよう。彼女の暴挙はセットクしてでも止めなきゃいけない！」

街を滅ぼすなんて、いくらソフィアさんが強くても不可能だと思う。

けどあそこまで言い切るということは、相応の被害をもたらすナニカがあることは間違いない。

僕とアリシアは互いにうなずき合い、全速力で店を飛び出した。

▼第21話　ダンジョン崩壊

しばらく周辺を捜し回ってもソフィアさんを発見できなかった僕たちは、〈現地妻〉で女帝旅団の本拠地にワープしていた。

ソフィアさんがダンジョン都市の滅亡を画策していることを知らせ、旅団の人海戦術でソフィアさんの行方を捜してもらおうと考えたのだ。

女帝旅団の本拠地には同盟の打ち合わせで獅子王《ししおう》も来ていて、僕は戦姫ソフィアさんの話をするとともに、彼女の捜索を依頼する。

「なるほどな……戦姫はこの街の歪《ゆが》みが生み出した復讐《ふくしゅう》鬼だったか」

「ま、復讐されるのも仕方ないロクデナシの街だものね。けどだからといって、こっちも一方的にやられるほどお人好しじゃないから。悪いけど事前に対処させてもらうわ」

獅子王と女帝ステイシーさんは言って、旅団構成員に戦姫旅団の情報収集を命令。

ソフィアさんを少しでも早く見つけるため迅速《じんそく》に動いてくれた。

僕の言葉が信用されているというよりは、ソフィアさんがそれだけ警戒されていたということだろう。

「ま、けどそこまで焦《あせ》る必要もねーだろ」

そんななか、ステイシーさんたちと一緒に僕の話を聞いていた豹《ひょう》獣人のリザさんが笑い飛ばすように言う。

「あの戦姫がどんだけ強くても、この大都市を滅ぼすなんざ不可能だっつーの。組織をめいっぱい拡大してんならまだしも、いまの戦姫旅団は内戦直後だぜ？　仮にあたしら敵対旅団幹部をコツコツ消してく算段があったとして、そしたら今度は三大旅団の弱体化を察した王都から聖騎士が統治しに来るだけ。街を滅ぼすなんざ夢のまた夢だ」

「まあ確かにそうなんですが……」

リザさんの言うことはもっともだ。

街を滅ぼすというソフィアさんの言葉は復讐《ふくしゅう》心が先走った誇張表現と考えるのが普通だろう。

「けどなんだか嫌な予感がするんです。ソフィアさんの言葉がただの戯《ざ》れ言《ごと》とはとても思えなくて……油断は禁物だと思います」

「つってもなぁ」

僕の言葉を聞いたリザさんがボリボリと豹耳を掻《か》く。

「この大都市を滅ぼそうと思ったら、それこそ数十万の大軍やらモンスターやらがいきなり目の前に現れねえと無理だろ。んな現実的じゃねーこと警戒してたら逆に足下すくわれて――」

……と、リザさんが言い終わる直前のことだった。

――――――――ドッ!!


とてつもない揺れが、ダンジョン都市を襲ったのは。

「なんだ!?」

凄《すさ》まじい地響きが建物全体を軋《きし》ませる。

しかもその揺れは収まるどころかどんどん大きくなり、なにかが崩落するような轟音《ごうおん》も聞こえてくる。

さらには異常なまでの魔力の奔流《ほんりゅう》が地の底から噴き上がる気配までして――僕たちは一斉に部屋を飛び出していた。

僕、アリシア、ステイシーさん、リザさん、獅子王《ししおう》が一直線に向かうのは、女帝旅団の敷地内で最も高い尖塔。その屋根の上。

そこからダンジョン都市を見下ろし、僕らは目を疑った。

「ダンジョンが……崩落してる……!?」

街の中央にあるダンジョンへの入り口。

そこが大きく陥没して、巨大な深淵《しんえん》を覗《のぞ》かせていた。

異常はそれだけじゃない。

街のあちこちが陥没し、幾つもの大穴を形成していたのだ。

突如として出現した大穴から噴き上がるのは、人知を超えた濃密な魔力の奔流《ほんりゅう》。

続けてそれぞれの穴から飛び出してきたのは——大量のモンスターだ。

「これは……ダンジョン崩壊⁉」

「バカな……！　発生から長い年月を経た巨大ダンジョンが崩壊するなど……まさか人為的なものか⁉　いやそれこそ現実的では……⁉」

ステイシーさんと獅子王《ししおう》が愕然《がくぜん》と声を漏らす。

僕もその悪夢みたいな光景に頭が真っ白になった。

けど、

「……っ！　止めないと！　被害が拡大する前に！　少しでも！」

脳裏をよぎるのは、一緒に楽しく食事をともにしたソフィアさんの微笑《ほほえ》みで。

僕は誰よりも早く、街に溢《あふ》れ出すモンスター目がけて走り出していた。

＊

揺れるダンジョン都市。

その一角にある廃屋めいた建物で、狼人《ウエアウルフ》の少女が笑っていた。

二本の短剣を携《たずさ》えた見目麗《みめうるわ》しい剣士、戦姫ソフィアだ。

「……ダンジョン崩壊……偏《かたよ》った魔力の影響でモンスターを生み出すダンジョンが、魔力のバランスを大きく崩すことで発生する災害。崩壊したダンジョンからはモンスターが際限なく溢れ出して……周囲に被害を与える」

ソフィアは歌うように、楽しげに言葉を続ける。

「……けど、都市が形成されるような巨大ダンジョンは膨大《ぼうだい》な魔力の偏りがありながら安定していて、崩壊することはまずない。でも実は……その均衡を破る力技がある……」

そう語るソフィアの手に握られているのは、魔力の凝縮された魔石。それもかなり純度の高い高級品だった。

「……魔石は特殊な方法で砕くと……激しい魔力の爆発を巻き起こす。この魔石をできるだけダンジョン核に近い深層に集めて、集めて、小国を買えるくらい集めて……遠隔爆破してあげれば……歴史ある大ダンジョンもバランスを崩して、崩壊する……教えてもらった通りだ……」

さすがにこれだけ大きなダンジョンともなれば、人為的な崩壊促進で完全に壊れたりはしない。いずれは自然に修復されるだろう。

だがそれでも……ダンジョンが修復されるまでに溢れ出るモンスターの数は、街を滅ぼすに十分すぎる脅威だ。

「……へへ、えへへへへっ。気配遮断系ユニークスキルでモンスターを避けて……コツコツとダンジョンの奥に魔石を運んできた甲斐があった……！」

ソフィアは凄絶に微笑《ほほえ》む。

そしてその傍《かたわ》らでは、初老の男が青ざめた表情で崩れ落ちていた。

「し、信じられねぇ……このガキ、本当にやりやがった……！」

戦姫旅団が血姫旅団と呼ばれていたときから事務経営を取り仕切っていた幹部だ。

戦姫が集めきれなかったぶんの魔石調達や旅団維持業務のために飼い殺しにされていたその男は、ソフィアを見上げて声を震《ふる》わせる。

「どうなってる……！　どうなってんだよ！　お前は血姫様だけが好きにできる奴隷《どれい》で！　授かった〈ギフト〉も平凡で！　ユニークスキルなんかもねえ貧弱なガキだったはずなのに！　どうやってこんな化け物みてぇな……!?」

だが男の叫びは最後まで続かなかった。

一瞬で戦姫に切り刻まれ、その場に崩れ落ちたのだ。

血姫とともに弱者を搾取《さくしゅ》していた男などもう用済みとばかりに、戦姫は短剣についた血をはらう。

「……この街はもうモンスターの巣窟《そうくつ》……あとはしばらく様子を見て、疲弊《ひへい》した獅子王《ししおう》旅団と女帝旅団の主力を乱戦の中で消していくだけ……そうすれば、他国が介入する間もなくこの街は地図から消える……」

簡単だ。

さあ、このろくでもない街をさっさと消し去ろう。

戦姫ソフィアは晴れやかな気持ちで廃屋から外へ出る。

そのときだった。

「あれ……？」

復讐《ふくしゅう》に取り憑《つ》かれた彼女の脳裏にふと、お人好しの少年と性欲の強そうな少女の顔がよぎる。

この街で初めてできた友達と街を巡った、つい先ほどの幸せな記憶。

瞬間、戦姫ソフィアの口からか細い声が漏れた。

「私は本当に、皆殺《こんなこと》しがしたかったんだっけ……？」


強い疑問が弾ける。

しかし次の瞬間。

「……っ!!」

戦姫の心が真っ黒な闇に包まれ、同時にその体も濃い霧のような闇に包まれた。

『全員殺せ』

戦姫に力を与えてくれた女の声が木霊《こだま》する。

数秒後、戦姫の顔から迷いは消えていた。

「……うん。とりあえず、皆殺しにしてから考えよう……」

瞳から涙がこぼれていることにも気づかないまま――。

戦姫は殺戮《さつりく》へと歩みだす。

イ ン マ ツ イ ホ ウ

I was banished from the capital. But the more I get along with the girls, the stronger I get.

「で？　用事ってなに？」

「わざわざこんな宿に呼び出して。どうせまたろくでもねぇことだろ……」

「そんなことない……ただちょっと、いままで色々と無理を頼んでたから労おうと思っただけ」

「いろんなお店から選りすぐりの料理を頼んでおいた……しっかり食べて精をつけ――」

（……よく考えたら。こんな風にこっそり性欲ドーピングするのは少し違うかも）

（今回の計画は可能な限り自主的にこの人たちとエリオに仲良くしてもらうのが目的……精のつく食べ物を事前に食べてもらうのは……趣旨に反する）

（それに……こんなものなくても世界で一番魅力的なエリオなら……この人たちを素で堕とせるに決まってるし……）

「……うん。やっぱりやめ。ご飯は仲良しの途中で改めて食べてもらうとして……いまはひとまずこのエッチな下着を着てベッドのうえで待機しておいて」

「は!?　ちょっ、労うって話はなんだったのよ!?　意味がわからな――くっ、身体が勝手に!?」

「お、おい!?　お前一体なにがしたいんだよ!?　ちょっ、マジでこの下着を!?　おいどこいくんだこんな格好で放置すんじゃねえよ!」

「……大丈夫。労おうと思ってるのは本当。……ただちょっと、あなたたちが素直になればいいだけ」

「……それじゃあ、楽しみにしててね……」

第三章

▼第22話　それはまるで、木の股《また》に興奮する思春期男子のように純粋な

地面に空いた大穴から大量のモンスターが溢《あふ》れ出していた。

バランスの崩れた魔力の影響で凶暴性の増したモンスターの群れが、逃げ惑う人々の背に迫る。

そんな破壊の嵐の中へ、僕は〈淫魔《いんま》〉の身体能力をもって全力で突っ込んでいた。

「やあああああああああっ！」

ビキビキビキッ！

硬く変形した男根を縦横無尽《じゅうおうむじん》に振り回す。

アダマンタイトの切れ味を誇る男根は僕の意のままに形を変え、一振りで何十体ものモンスターを切り刻む。

「な、なんだあの子供……!?」

「強すぎる、何者だ!?」

「いいから早く向こうへ！　旅団が防衛戦を張ってます！　急いで！」

「あ、ああ！　ありがとうよ！」

呆然《ぼうぜん》と立ち尽くす人たちに避難を呼びかけ、僕はさらに男根を振り回した。

〈淫魔〉の身体能力と変幻自在男根を駆使し、何百というモンスターを切り伏せていく。

そんな僕の頭上では、〈音響魔導師〉のスキルで増幅された女帝ステイシーさんと獅子王《ししおう》の声が響いていた。

『女帝旅団、総員モンスターの対処へ！　獅子王旅団との禍根《かこん》はいまだけ忘れなさい！』

『私たちも前線に出ている！　全力で戦え！　敵前逃亡したら金玉もぎ取って女の子にしてやるぞ！』

戦姫ソフィアさんを捜すため、旅団構成員がパーティを組んで街中に散っていたことが幸いした。

複数出現した大穴を迅速《じんそく》に囲むことができ、どうにかモンスターの進行を食い止められていたのだ。

「ステイシーさんと獅子王は一人一穴、アリシアとリザさんで一穴、あとの比較的小さい穴は旅団戦闘員が徒党を組んで対処してくれてる……！」

そして僕が一人で食い止めているのは、最も巨大な穴だ。

いまのところは戦線が崩壊したという報告もなく、被害を最小限に食い止められている。

けど、

『『『『グオオオオオオオオオオオオオオッ!!』』』』


「くっ……！　キリがない！」

次から次へと湧いてくるモンスターは尽きることなく、むしろ勢いが増しているようにすら見えた。

「ダンジョン崩壊が起きるとバランスの崩れた魔力が過凝縮してモンスターが生み出され続けるって聞くけど……いくらなんでも多すぎる！」

いまのところはどうにかなってるけど、これじゃあいつか魔力が尽きて防衛線が崩壊する。

せめて街の人の避難が完了するまで防衛線がもてばいいけど……ここは大陸有数の大都市。

加えてこの混乱状態じゃ、とても避難は間に合わない。

「モンスターの侵攻を食い止めてる間に穴を塞《ふさ》がないと、どう考えてもジリ貧だ……！」

けどこんな大穴を塞ぐ方法なんて……。

僕のアダマンタイト男根を形状変化させれば可能か？

……いや、〈男根形状変化〉スキルによる男根の巨大化には質量制限がある。

いくらアダマンタイト男根が強固でも、大穴が防げるほどに広げれば薄くなりすぎて強度を保てない。モンスターを食い止めるのは不可能だ。

しかもモンスターが溢《あふ》れてくる穴は複数。

とてもじゃないけど、僕の男根でモンスターの侵攻を止められるとは思えなかった。

「くっ、どうしようもないのか……!?」

どうやったかはわからないけど、このダンジョン崩壊は間違いなく戦姫ソフィアさんの仕業《しわざ》だ。このまま手をこまねいて被害が拡大すれば、ソフィアさんは本当に後戻りできなくなってしまう。

けど一体どうすれば――と歯がみしていたときだった。

追い詰められた僕の脳裏に、走馬灯のごとく過去の記憶が弾けたのは。

『――なぁクロス。男の子はムラムラしてると木の股《また》を見ても興奮するというのは本当なのかい？』

それは、僕がまだ小さかった頃の記憶。

いまのアリシアに似ている女性――アリシアのお姉さんが僕に投げかけてきた言葉だった。

『ダンジョンもさ、よく考えるとエッチだよね。モンスターを生み出す穴って、それはもう女性器と言っても過言ではないわけだ。木の股で興奮する男の子がいるならダンジョンで興奮する子がいてもおかしくないと思うんだけど、クロスはどう思う？』

いま思えば、それは年端もいかない子供に対する純然たるセクハラだ。

けどいまこのときばかりは、アリシアのお姉さんに感謝するほかなかった。

「ダンジョンが、女性器……。だったら……！」

成功するかはわからない。

というか成功したら僕は人として終わる。

けどいまはその可能性に賭《か》けるしかなかった。

酷《ひど》いムラムラで勃《た》ちっぱなしになるから、昼間は封印しているそのスキルを。

僕は男根剣を振り回しながら、その始まりのスキルを発動させた。

「――絶倫スキルLv10　全解放！」

「……っ、ぐぅっ」

途端、僕の頭はムラムラでいっぱいになる。

下半身がうずき、なにもない空間に向けて腰を振りそうになった。

そんな最悪の状態で……僕は大穴を凝視する。

(穴、穴、穴、たくさんの命が出たり入ったりする穴――地面にも穴はあるんだよなぁ……！)

ムラムラでおかしくなった自分に言い聞かせる。

溢《あふ》れる性欲に従い、地面に空いた大穴を性の対象として脳内補完する。

そんな僕を見て、戦況報告や避難誘導をしている旅団構成員が「どうかしたんですかい!?」

と困惑の声をあげた。

けどそんな声は無視。

モンスターを切り伏せながらひたすら大穴を凝視し続ける。

そうして自らの性欲を全力で解放し続けた僕の中で――脳と下半身が直結するような光が弾けた。

次の瞬間。

スキル限界突破――〈絶倫〉Ｌｖ11

ステータスプレートを確認したわけじゃない。

だけど僕は大穴を完全に性の対象として見られるようになった自分の変化を自覚し、そして叫んだ。

「スキル――〈男根適正自動変化〉！」

それは対象の穴にあわせ、男根の形状や大きさが勝手に変わる猥褻《わいせつ》スキルだ。

このスキルは鑑定水晶でチェックしても質量制限やスキル発動対象に関する記載が存在しなかった。

だから――、

（もしかしたらこのスキルによる質量変化には、制限がないんじゃないかと思ったんだ！）

そしてそれは、大正解だった。

ズオオオオオオオ！


男根剣が爆発的な勢いで質量を増す。

僕は咄嗟《とっさ》に宙へ跳び、巨大化し続ける男根剣を大穴へと放り込んだ。

「な、なんだぁ!?」

周囲の人々が驚愕《きょうがく》に目を見開く中、男根剣の質量増大は止まらない。


ズゴゴゴゴゴゴゴッ！


凄《すさ》まじい地響きが周囲を揺らす。

そして僕の男根は——完全に仕事をまっとうした。

〈適正男根自動変化〉によって大地を犯すのに最適な質量へと変化し、完全に大穴を塞《ふさ》いでしまったのだ。

相手が地面だからか、男根の形質も岩のようなものに変化して強度も十分だ。

「ど、どうなってんだこりゃ……!?」

「ステイシー様とリザ様を下したとは聞いてたが……こんなデタラメな魔剣、どんだけ魔力があれば……!?」

「や、やった……！」

周囲の人たちが腰を抜かす中、僕は歓喜の声を漏らしつつ男根を再生。

再び男根剣を手に握り、残ったモンスターを切り伏せる。

「僕自身のレベルが上がってるから、分離できる男根の数も増えてる。売買用男根のほかに分離できる本数は残してるから、これなら全部の穴を塞げる！」

僕の人間性と引き換えにね！

と、僕がさらに新たな男根を生み出そうとしたときだった。

ドゴンッ！

地面が揺れる。

同時に、街の複数箇所からさらに大量の気配が湧き出した。

「……!?　まさか!?」

瞬間、僕の予感を裏付けるように悲鳴めいた声が空に響く。

『で、伝令！　ダンジョン崩壊が加速！　さらに複数の穴が出現！　余裕のある現場は人員をそちらへ割いてください！』

「な……っ!?」

まずい！

防衛線は既存の穴を前提に構築されている。

予想外の位置に穴が出現したとなれば、防衛線が挟み撃ちを食らってしまう。

早く穴を塞《ふさ》がないと、凄《すさ》まじい被害が出ることは間違いなかった。

「けど穴の位置がすぐにはわからないし、どれだけ急いでも絶対にどこかが破綻《はたん》して……くそっ、迷ってる時間がもったいない！　とにかく動かないと！」

空でも飛べれば即座に男根をばらまけるのに！

歯がみしながらまずはステイシーさんたちのもとへワープしようとした——そのときだった。

「わーっ!?　なんですかこの騒ぎは！　って、おや？　そこにいるのはエリオさんじゃないですか、奇遇ですね！」

「え、キャリーさん!?」

突如、僕の頭上に脳天気な声を漏らす女性が現れた。

それは僕とアリシアをこの街まで運んでくれたハーフエルフの少女。

風魔法で自由自在に空を飛ぶ運び屋、キャリー・ペニペニさんだった。

▼第23話　キャリー・ペニペニと覚醒の神聖騎士

「なんで私がここにいるのか不思議がってる顔ですね？　では教えてあげましょう！」

モンスターの湧き出る街中にいきなり現れたハーフエルフの少女。

キャリー・ペニペニさんは風魔法でふわふわ浮きながらなぜかドヤ顔で語り始めた。

「実はあなたたちを送り届けたあと、私は正式にこの街と城塞《じょうさい》都市の間を行き来する運び屋として採用されたんです。それでまあ、今日はお休みだったのでダンジョン都市の美味《おい》しい食事を楽しんでさっきまで宿で寝てたんですが、なんかうるさいなーと思って起きたらこの騒ぎですよ。ですが！」

キャリーさんは腰に手を当てふんぞり返る。

「私はチ〇ポ専用輸送係を免《まぬか》れた豪運のハーフエルフ！　モンスターに宿を襲撃される前にギリギリ脱出し、いまこうして元気に飛んでいるというわけです！　で、今度はこっちから質問なんですけど、これは一体どういう状況なんですか？」

キャリーさんが首をひねって訊《たず》ねてくる。

けど僕はキャリーさんの質問なんてガン無視で彼女の手を掴《つか》んだ。

「助かった！　キャリーさんに頼みがあるんです！」

さらに僕はズボンに手を突っ込み、〈男根分離〉と〈男根再生〉を連発。

大量の男根を次から次へと量産して、キャリーさんの持っていたバッグに無理矢理詰め込んだ。

「ぎゃあああああああっ⁉　なにするんですか一体⁉　なんで私の鞄《かばん》にチ○ポ詰め込んでるんですか⁉　頭がおかしい！」

「お願いですキャリーさん！　いますぐその男根を街に発生した大穴の中に放り込んできてください！」

「は⁉　ちょっ、意味がよくわからな――」

「いいから！　人命がかかってるんです！　報酬はあとでいくらでも払いますし、僕にできることならなんでもしてあげますから！」

「え、ええ……？」

キャリーさんは目を白黒させてドン引きした表情を浮かべる。

けど僕の真剣さを直感で理解してくれたのだろう。

「う、ぐっ、うわあああああああん！　せっかくチ○ポ輸送係を免《まぬか》れたと思ったのにいいいいいっ！」

キャリーさんは僕の男根を鞄いっぱいに詰め込み、高速で空を駆けていった。

「あとは犠牲が出る前に大穴を全部塞《ふさ》げれば……！」

分離した男根は、対象に応じて勝手に〈適正男根自動変化〉が発動する。

本体である僕がダンジョンにムラムラするようになった以上、分離した男根も勝手にダンジョンを塞ぐ形状に変化してくれるはずだ。

「間に合ってくれ……！」

僕は祈りながら、残ったモンスターを切り伏せていった。

＊

エリオがダンジョンの大穴を塞《ふさ》ぐ手立てを発見する直前。

モンスターの侵攻を食い止めるべく、それぞれの穴の前では激戦が続いていた。

「おい淫獣！　あっちの防衛線が崩れそうだ、助けにいってやれ！」

「……はいっ」

女帝旅団ナンバー2、豹《ひょう》獣人のリザ・サスペインが指揮を執る戦場。

そこではアリシアも加勢し、次々と現れるモンスターの群れを押しとどめていた。

さすがに集団戦の指揮ではリザに一日の長があるため、アリシアは彼女の指示に従いその力を発揮する。

気休めではあるが姿を誤魔化《ごまか》すアイテムを使って正体を隠しつつ、出し惜しみすることなく〈神聖騎士〉の力を振るっていた。

「……〈身体能力強化【極大】〉……〈剣戟《けんげき》強化【大】〉……！」

「「「ガアアアアアアアアッ!?」」」

毎日のようにダンジョンに潜って高めた戦闘能力と、強力無比なスキル。

その二つが合わさり、大量のモンスターがゴミのように蹴《け》散らされていく。

アリシアはレベルこそ旅団幹部たちの誰よりも低い。

だがその強さはそこらの幹部が束になっても敵《かな》わないほどに成長していた。

そんなアリシアを見て、リザが呆《あき》れたように声を漏らす。

「エリオといいこの淫獣といい、ガキのくせにどうなってんだこの強さ……」

あまりにも得体の知れない強さにいまさらながら怖気《おぞけ》さえ覚える。

だが、

「これならどうにか持ちこたえられるか……!?」

ダンジョン崩壊がいつまで続くか不明な以上、戦いは恐らく撤退戦になる。

多少の犠牲は覚悟したうえで、街の滅亡を避ける手を旅団の頭領たちは選択するはず。

それまで持ちこたえれば、とりあえずこっちの勝ちだ。

――と、リザがエリオとは違う現実的な勝利条件を見据えて希望を見いだしていた、そのときだった。

異様なプレッシャーが、目の前の大穴から這《は》い出してきたのは。

「オオオオオオオオオオオオオッ!!」

「な──!?」

歴戦の冒険者であるリザが言葉を失っていた。

なぜなら大穴から凄《すさ》まじい勢いで飛び出してきたのは──生きた厄災だったのだ。

レベル250。

モンスターの中でも最強のポテンシャルを持つ龍種。

地下六十階層に出現する規格外のボスモンスター、青龍だ。

「ざけんなクソッタレ……!?」

「リザさん! アレは無理っすよ! ステイシー様の全力魔法でもねえと、龍の鱗《うろこ》にゃ傷ひとつつかねえ!」

配下の悲鳴にリザは歯がみする。

確かにもう、援軍を呼ぶしか手がない。

だが女帝も獅子王《ししおう》も、そして規格外の強さを持つエリオも、現在は別の穴を担当している。

助けを呼ぼうが呼ぶまいが、もはや被害拡大は避けられなかった。

「クソっ! 仕方ねえ、一部戦線崩壊は承知のうえで助けを──」

と、リザが指示を出そうとしたとき。

「……待ってください」

アリシアが静かに、しかし断固とした声を発した。

「……エリオは、一切の犠牲を出さないつもりです……ソフィアさんのために。私はそれを諦《あきら》めたくない……」

「はあ!? なに寝言ほざいてんだ淫獣！ だったらあのバケモンを誰が――」

「私が……相手してみます」

「は……!? ちょっ、よせ、死ぬぞバカ!?」

しかしリザの言葉はアリシアには届かない。

彼女はその凄まじい身体能力ですでに駆け出していたのだ。

「グオオオオオオオオオオオッ！」

アリシアに気づいた青龍が雄叫《おたけ》びをあげる。

すべてを焼き尽くす龍の息吹がアリシア目がけて放射された。

だがアリシアは止まらない。

「……〈神聖堅守〉……〈自動回復付与〉……！」

〈神聖騎士〉の強力な結界と自動回復スキルで青龍の息吹を強引に突破。

火傷《やけど》を負いながら一気に肉薄し、その手に握る剣を振り上げる。

「あの淫獣、龍の息吹をしのぎやがった!? いやだが無茶だ！ 青龍の鱗はとにかく硬ぇ！ はじき返されて反撃食らうのがオチだぞ!?」

リザが怒声をあげる。

だがその声もまた、極限まで集中するアリシアには届かない。

――エリオにこの聖剣を……不壊武器をもらったときから、ずっと考えてたことがある……

――あまりに威力が強すぎて、武器が壊れないようセーブしていたこのスキルを……全力で放ったらどうなるか……

――武器の損耗も……自分の体への反動も気にせず叩《たた》きつけたらどうなるか……

「試すなら、いま……スキル……〈魔神斬り〉……！」

瞬間、凄《すさ》まじい衝撃が周囲を揺らした。

ドッゴオオオオオオオオオオオオオオオッ！

「な――――っ!?」

瓦礫《がれき》や砂塵《さじん》が吹きすさび、リザたちはたまらず顔面を腕でかばう。

そしてその衝撃がおさまると同時に顔をあげて――リザたちは自らの目を疑った。

「ガ……ア……!?」

血の泡を吹いて地に伏していたのは、腹を大きく抉《えぐ》られて息絶えた青龍。

そしてその傍《かたわ》らでは、返り血を浴びたアリシアが全身ボロボロで立ち尽くしていたのだ。

だがアリシアの負った傷は暖かな光とともにすぐさま治癒。

何事もなかったかのように剣についた血を振り払うと、アリシアは満足気にこう呟《つぶや》いた。

「……うん、よし。これでエリオを押し倒せる私に、また一歩近づけた……」

「な……あ……」

そのあり得ない戦果にリザはいよいよ言葉をなくす。

だがすぐに正気を取り戻し、周囲に声を張り上げた。

「ぼ、ぼさっとすんな野郎ども！　青龍を倒してもほかにモンスターは湧いてきてんだ！　いま起きたことは忘れて、戦闘に集中しろ！」

「「へ、へい！」」

圧倒的脅威が瞬《またた》く間に取り除かれた戦場は士気も上々。

アリシアの戦闘に触発された旅団構成員たちの奮戦により、防衛戦はモンスターの群れを押し返す勢いで続いていった。

アリシア・ブルーアイズ　ヒューマン　〈神聖騎士〉　レベル110

所持スキル
身体能力強化【極大】　Lv11　剣戟《けんげき》強化【大】　Lv10
周辺探知Lv11　ケアヒールLv8
神聖堅守Lv10　魔神斬りLv8
自動回復付与Lv8　神聖浄化Lv1

＊

キャリー・ペニペニさんが僕の男根輸送を引き受けてくれてすぐ。

各地の戦況を知らせてくれている〈音響魔導師〉のアナウンスが酷《ひど》く困惑したものに変わった。

『っ⁉　え、なんだアレ⁉　巨大な岩の棒⁉　い、いや、まさか男根⁉　な、なにやら意味がわかりませんが、ダンジョン崩壊で生まれた大穴が次々と塞《ふさ》がれていきます⁉　あ、全部塞がった⁉　……な、なにがなんだかわかりませんが、とにかくこれ以上モンスターが増えることはなさそうです！　皆さんもうひと踏ん張り！』

「よし……！」

その声を聞いて、僕は思わず拳を握っていた。

分離した僕の男根とキャリー・ペニペニさんがしっかり仕事を果たしてくれたのだ。

「あとは街に溢《あふ》れたモンスターを全部倒すだけだ……！」

この辺りにいるモンスターはおおよそ駆逐した。

〈周辺探知〉が使えるアリシアと合流して、各地の掃討《そうとう》戦に協力しよう。

と、僕が駆け出そうとしたとき。


「……これは一体……どういうことですか……？」


「っ!?」

突如、僕の背後から低い声が響く。

思わず飛び退《の》き、僕は気配もなく背後を取ったその相手と対峙《たいじ》した。

「……せっかく頑張ってダンジョン崩壊を引き起こしたのに……どうして……？」

「ソフィアさん……！」

戦姫ソフィア・バーナード。

この大事件を引き起こしたと語るダンジョン都市最凶の冒険者が、二本の短剣を引き抜き僕を睨《にら》みつけていた。

▼第24話　ＶＳ戦姫ソフィア・バーナード

ダンジョン崩壊を起こしたと語るダンジョン都市最凶の冒険者。

狼人《ウエアウルフ》の戦姫旅団頭領、ソフィア・バーナードさんが、一切の気配なく僕の眼前に現れていた。

「……ダンジョン崩壊の穴を塞《ふさ》いだ謎の石柱……あなたの仕業《しわざ》ですよね……？」

ソフィアさんは二本の短剣を構え、冷徹な瞳で僕を睨みつける。

「……どうやったのか見当がつきませんし、そもそもアレがなんなのかまったく意味がわかりませんけど……あの石柱からはあなたの香ばしい匂《にお》いがぷんぷんしてました……アレは間違いなく、あなたの仕業です」

確信を持った声で言うと、続けてソフィアさんはこちらに短剣を向ける。

「……あの石柱、いますぐ解除してください」

「絶対に嫌です」

「……私たち、お友達ですよね……？」

「友達だから！」

懇願するように言うソフィアさんに、僕ははっきりと告げる。

「友達だから、あなたにこれ以上の罪を犯させるわけにはいかない」

「そっか……邪魔するんだ……」

瞬間、ソフィアさんの纏《まと》う空気が一変した。

「……あの石柱がなんなのかはわからないけど……アレはきっとあなたと繋《つな》がってる。殺すのは嫌だけど、あなたを気絶させるか魔力を断つかすれば消えるはず……だから……」


――まずはあなたを排除する。


「っ!!　ソフィアさん！　待って、まずは話を――っ」

「……問答、無用……！」

説得を試みた僕の声は途中で途絶えた。

短剣を構えたソフィアさんが凄《すさ》まじい速度でこちらに突っ込んできたからだ。

「クソっ！　やっぱりソフィアさんを倒さないことには説得も――えっ!?」

男根剣を構えて全力の迎撃を試みた僕は、そこで言葉を失った。

破壊された屋台や建物の陰に一瞬だけ姿を隠したソフィアさんを完全に認識できなくなったからだ。姿だけでなく、気配もまったく感知できない。

そして次の瞬間、

――ヒュッ！

突如、背後から凄《すさ》まじい殺気と圧が爆発。

咄嗟《とっさ》に男根剣で防ぐも――ドゴォ！

「うわあああああっ!?」

凄まじい衝撃が爆《は》ぜる。

しかも本当にギリギリの防御だったため体勢も不十分。

異性特効が発動しているはずの身体《からだ》が容易《たやす》く吹き飛ばされる。

建物を吹き飛ばしながらようやく止まった僕は愕然《がくぜん》と声を漏らした。

「これは……やっぱりソフィアさんの能力は……！」

「……もうわかってますよね……私の力」

「っ！」

かつん、かつん、と僕に近づきながらソフィアさんが自らの力を明かす。

「……私のユニークスキルは〈不可視の子供たち《パラダイス・ロスト》〉。強力な気配遮断スキルです……」

やっぱりか……！

「……人やモンスターは視覚だけではなく、聴覚や魔力の揺らぎからも他者の存在を感知する。……そして私の〈不可視の子供たち《パラダイス・ロスト》〉は……熟達した〈盗賊〉とすら比べものにならない精度で気配を消す……。いまあなたが紙一重で防御できたように、攻撃の瞬間まで気配を消せるほど万能無敵ではないですけど……それでも私の速度と合わせれば……あなたに勝ち目はないですよ……？」

「……っ！」

ソフィアさんの主張はもっともだ。

〈神聖騎士〉であるアリシアの探知スキルもすり抜ける強力な気配遮断スキル。

そして異性特効を発動したレベル265の僕さえ翻弄《ほんろう》するソフィアさん自身の身体能力。

普通に考えて勝ち目はない。

けど、

「何度も言います。それでもあなたが後戻りできなくなるのを見過ごせない！」

「……そっか」

ソフィアさんが二本の短剣を握り直す。

「……なら、あなたが意識を失うまで……刻みますね？」

「ぐっ……!?　うわああああああああっ!?」

そこから先は一方的だった。

いくら目で追おうとしても、速度に特化した狼人《ウエアウルフ》が物陰に身を隠しながら動き回れば捕えるのに苦労する。

そこに強力な気配遮断の能力まで加われば、防御で手一杯だった。

いや、実際には防御さえままならない。

攻撃直前には気配が探知できるといっても、相手の速度は相当なものなのだ。

威力よりも速度を重視した短剣での攻撃とはいえ、相手はダンジョン都市の頂点。

不完全かつ一息遅れの防御ではまともにダメージを殺せない。

加えて、狼人《ウエアウルフ》であるソフィアさんはこちらの気配を読むのも上手《うま》いのだろう。

伸縮自在の男根剣を闇雲に振り回したところで当たる気配すらなかった。

あっという間にボロボロにされる。

呆気《あっけ》にとられて戦いを見ていた旅団構成員たちが、悲鳴をあげるように叫んだ。

「お、おいなんだありゃ!? リザさんを瞬殺したあのガキが一方的に……誰でもいいから援軍呼んでこい！」

蜘蛛《くも》の子を散らすように構成員たちが駆け出す。

ソフィアさんはそれらを気にすることもなく——僕に強烈な蹴《け》りを叩《たた》き込む。

「うああああああっ!?」

「……さすがにもうわかりましたよね？ 勝ち目はないって……」

瓦礫《がれき》に埋《う》もれた僕にソフィアさんが語りかけてきた。

それはまるで最後通告とばかりに。

「……これ以上、お友達を傷つけたくないですから……早くあの石柱を解除してください」

「まだだ……」

「……？」

僕が漏らした掠《かす》れた声に、ソフィアさんが首をひねる。

「まだ勝負はついてない……！」

「……往生際の悪い」

僕の無駄な粘りに呆《あき》れたかのようにソフィアさんが溜息《ためいき》を漏らす。

そして再び、彼女の姿が掻《か》き消えた。

「これでトドメです……短剣スキル〈餓狼狩り〉」

瞬間、爆発的な魔力の奔流《ほんりゅう》が立ち上る。

その一撃はいままでもっとも重い。

中途半端な防御では確実に意識を刈り取られると直感でわかる必殺だ。

そしてその攻撃が僕の首に迫った、その直前――、

ガギン！


重い金属音が周囲を激しく揺らした。

分厚《ぶあつ》く変化した僕のアダマンタイト男根が、ソフィアさんの攻撃を完璧《かんぺき》に防いだ音だ。

刹那《せつな》、攻撃を防いだ僕はソフィアさんに蹴《け》りを叩《たた》き込む！

「な──っ!?」

ソフィアさんが声を漏らし、ギリギリのところで攻撃を避《よ》けた。

けれどその顔にはいままでにない驚愕《きょうがく》と困惑が浮かんでいる。

「……？　いま、私の動きを察知していた……？　いやあり得ない……ただの、偶然」

そしてソフィアさんは再び気配を消して死角から突っ込んでくる。

だけど──ガギィン！

僕の男根が、再びソフィアさんの攻撃を防いでいた。

完璧《かんぺき》に。先ほどよりも数瞬早く。

「……っ!?　どうして……!?」

「ずっと考えてたんだ……アリシアにも探知できないあなたをどう捉えればいいのか……」

「っ!?」

動揺するソフィアさんに、僕は独り言のように告げる。

もう彼女に勝ち目がないと伝えるために。

「この技はいろんな意味で使いたくはなかったけど……あなたは思ったよりずっと強かった。だからもう、四の五の言っていられない」

そして僕は、ソフィアさんを止めるために編み出したその禁術を全力で解放した。

「――男根領域、展開」

これでもう、ソフィアさんは僕の男根から逃げられない。

▼第25話　オチ○ポ必中領域

「――男根領域、展開」

瞬間、僕がいま握っている男根剣とは別の男根――股間《こかん》から生える本体男根がズボンのウエスト部分からすべて飛び出した。

そしてその男根は、一瞬にして無数の細い糸へと枝分かれする。

生半可《なまはんか》な枝分かれじゃない。

目に見えないほど細く変化した男根は数え切れないほどの本数に分かれ、瞬《また》く間に周囲一帯を埋《う》め尽くしたのだ。

「……っ!?　なんですか……これは……!?」

男根は目に見えないほど細い。

それでもナニカが周囲を埋め尽くす感覚に気づいたらしいソフィアさんが動揺の声を漏らす。

けど次の瞬間には意識を切り替え、真っ直《まっす》ぐ僕を睨《にら》みつけてきた。

「攻撃の気配は感じない……これがなんであれ、とにかく……あなたを気絶させれば済む話です……！」

凄《すさ》まじい速度で動き回り、物陰に身を隠して気配を遮断。

これまでと同様、ソフィアさんは僕の感知できない死角から痛烈な一撃を叩《たた》き込んでくる。

けれど、

「気配遮断《それ》はもう通じません！」

「っ！」

ガギィン！

ソフィアさんの一撃を僕は完全に防いでいた。

なぜならもう、僕にはソフィアさんがどこにいるのか手に取るようにわかるから。

「……っ!?　さっきから、どうして私の動きが……!?」

ソフィアさんの顔が三度驚愕《きょうがく》に歪《ゆが》む。

ソフィアさんの動きがわかる理由。

それは僕がこの周囲一帯に張り巡らせた男根だ。

言うまでもなく、男根は体の中でも極めて敏感な感覚器官。

僕はその感覚を遮断しないまま、蜘蛛《くも》の巣のように男根を張り巡らせているのだ。

いくらソフィアさんが気配を遮断しようと、存在そのものまでは消せやしない。

彼女が地を踏めば、同時に僕の男根を踏む。

彼女が空を切れば、同時に僕の男根に引っかかる。

この領域内にいる限り、僕の男根は必中。

つまりソフィアさんがどこにいるのか、手に取るようにわかるのだ。

相手がどれだけ速く動こうが、気配を遮断しようが、男根領域の前ではすべて無意味。

(アーマーアントの巣穴を探索し、迷子の女の子を捜しだした男根探知の応用だ！)

もちろん、この技には相応のリスクがある。

周囲一帯を覆《おお》うために極限まで薄く伸ばした男根は悲しいほどに脆《もろ》い。

そして相手の動きを探知するため、感覚はある程度残しておかないといけない。

つまりソフィアさんが動くたび、僕自身が動くたび、傷ついた男根から少なくない痛みが返ってくるのである。だけど――、

「そのぶんはっきりと、チ○ポであなたの居場所を感じる！」

これこそ肉棒を切らせて骨を断つ、捨て身の淫魔《いんま》奥義だ！

驚愕するソフィアさん目がけ、棍棒状に変化させた超重量の男根剣をぶちかます。

「っ!?　くっ!?」

ソフィアさんが避《よ》けようと身を捻《ひね》る。けどその動きも感知済みだ。

傷つく男根の痛みと引き換えに！

「うりゃあああっ！」

「きゃあああああっ!?」

そこではじめて僕の攻撃がソフィアさんを完全に捉えた。

短剣でガードしたソフィアさんだったけど、そんなもので防げるほど男根棒の破壊力は低くない。〈淫魔《いんま》〉の膂力《りょりょく》も合わさり、ソフィアさんが大きく吹き飛ぶ。


ドゴオオオオン!


いくつもの建物をぶち抜き、そこでようやくソフィアさんは止まった。

僕が急いで駆け寄るも、その華奢《きゃしゃ》な体は起き上がる気配もない。

〈速度特化の〈ギフト〉はもともと力や防御が低くなりがちだし、ソフィアさんは速度を重視してかなりの軽装だったから……〉

手加減したけど、それでも威力が強すぎたかもしれない。

心配しながらソフィアさんの様子を窺《うかが》う。

すると、

「……どうして、邪魔するんですか……」

倒れたまま、ソフィアさんが呻《うめ》くように漏らした。

「……こんな街、残しててもしょうがないのに。滅ぼさないと、また私みたいな被害者が出るのに……」

「……大丈夫です」

小さな子供のように漏らすソフィアさんに、僕は少し迷いながらも断言した。

「悪い人がいたら、僕がどんな手を使っても、言うこと聞かせて平和にしますから」

「……？」

ソフィアさんが僕の言葉に目を丸くする。

そして不思議そうにぽつりと漏らした。

「……なんででしょう。ただの綺麗事《きれいごと》なのに、あなたの言うことなら、信じられる。お友達だから、でしょうか……？」

「そ、そうですね。お友達だからですね、きっと」

多分、セットクで無理矢理平和にしてる実績がすでにあるから、言葉に妙な説得力が滲《にじ》んじゃってるんだろうな……。

けどまあだからといって、「この街を平和にする夜の大運動会はもう実行済みです」なんて言えるわけがない。

だから僕は言葉を濁しつつ、どこか憑《つ》き物が落ちたようなソフィアさんを抱き起こそうとした――そのときだった。

「あ……!?　うあ……!?」

「っ!?　ソフィアさん!?」

突如。

僕の手を取ろうとしたソフィアさんの身体《からだ》から、負の感情を煮詰めたような黒いナニカが噴き出したのは。

「アアアアアアアアアアアアアッ!?」

「うわっ!?」

獣のような絶叫をあげたソフィアさんが弾かれたように立ち上がる。

そしてその両腕が先ほどまでよりずっと強い力で振るわれた。

ドス黒い闇の力を借りたかのように、ガードした僕を容易《たやす》く吹き飛ばす。

ソフィアさんの身体はもう、戦うどころか立ち上がることさえできないはずなのに！

「なんだこれ!?　ソフィアさん、一体なにが!?」

「殺さないと……」

「っ!?」

「全員、殺さないと……」

「なにを……!?」

明らかに正気を失った目でソフィアさんが呟《つぶや》き、纏《まと》う闇は勢いを増していく。

そしてその闇が——女性の声を発した。

『このガラクタ、ここまで来て壊れるのかよ……ならせいぜい、周りも一緒に巻き込んで派手にぶっ壊れな』


「な――っ⁉」

悪意の塊《かたまり》めいた闇が嘲《あざけ》るように嗤《わら》う。

直後――ソフィアさんが動いた。

まるで操り人形のように、壊れかけの身体で短剣を構える。

「ソフィアさん！　動いちゃダメだ！」

必死に呼びかけるも、返ってくるのは獣の雄叫《おたけ》び。

「ウウウウウウウウウアアアアアアアアアアアアアアア！」

殺意と狂気に彩られたソフィアさんは自分の身体が痛むのも構わず僕に襲いかかってきた。

まるで命を燃やすかのように、黒いモヤを噴出して。


キャハハハハハハハハ！

黒いモヤが心底楽しげに嗤う。

なにがどうなって――!?

と、僕がソフィアさんの攻撃を避《よ》けながら混乱の極地に叩《たた》き込まれていたとき。

「なんだありゃ!?」

背後から叫ぶような声があがった。

振り返れば、豹《ひょう》獣人のリザさんが驚愕《きょうがく》しながらこちらに駆け寄ってくる。

リザさんだけじゃない。

僕とソフィアさんの戦闘を見て援軍を呼んだ旅団構成員の声が届いたのだろう。

女帝ステイシーさん、獅子王《ししおう》、アリシアも駆けつけ、ソフィアさんの有様《ありさま》に目を見開く。

「おいエリオ、なんだあの戦姫の有様は!」

「わかりません！　戦闘に勝ったら、いきなりあんな……！」

リザさんの質問に僕も叫ぶように返す。

そんな僕たちの混乱に答えるように、女帝ステイシーさんが絶句しながら口を開いた。

「この魔力の気配……禍々《まがまが》しさも強力さも私のユニークスキルとは比べものにならないけど、まさか誰かの洗脳スキル!?」

「洗脳!?」

ステイシーさんの言葉に僕が言葉を失う。

それと同時に、〈神聖騎士〉のアリシアが確信を持って断言した。

「……アレだ……私がソフィアさんから感じた、嫌な気配の正体……！」

「……！」

だとしたら、まさか。

あの黒いモヤこそが、ソフィアさんを異常な復讐《ふくしゅう》に駆り立てたモノの正体なのか!?

愕然《がくぜん》とする僕の隣で獅子王が叫ぶ。

「洗脳スキルだと!?　しかも女帝以上のものとなると、もうこの場では殺すしか止める手はないぞ!?」

瞬間、僕らの動揺を察知したかのように、黒いモヤが悪意に満ちた声を発した。

『キャハハハハハ！　その通り、このガラクタを止めたきゃ殺《ヤ》るしかねえなぁ！　特にそこのお前ぇ』

黒いモヤがソフィアさんの身体《からだ》を使って僕を指さす。

『これ以上、このガラクタに人を殺してほしくないとか綺麗事《きれいごと》ほざいてたなぁ？　だとしたら、もうヤることはひとつしかねえだろぉ？　キヒッ、キャハハハハハ！』

「……っ！」

悪意に満ちた女性の笑い声。

それを聞きながら僕は——ひとつの決断を下していた。

ソフィアさんを異常な復讐に駆り立てておかしくしたものが得体の知れない洗脳スキルだとい

うのなら。

この正体不明の黒いモヤの言う通り、ヤることはひとつしかない。

『キャハハハハハッ！　どうしたガキぃ。押し黙って、まさか殺《ヤ》れねえとでも言うのかぁ？　なら大人しくこのガラクタに殺されやがれ！　都市消滅の計画を無茶苦茶にした報いを——ん？　へ？』

瞬間、黒いモヤがはじめて間の抜けた声を漏らした。

けれどそれも無理はない。

なぜなら黒いモヤはソフィアさんの身体《からだ》ごと、いきなりまったく別の空間へと送られたのだから。


セッ●スしないと出られない部屋。

スキル〈ヤリ部屋生成〉。


「ソフィアさん、ごめん」

僕は黒いモヤに激しい怒《いか》りを抱《いだ》きながら、はっきりと宣言した。

「僕はいまからあなたを——あなたの罪を犯す」

僕の男根で、あなたを縛るなにもかもを上書きするために。

▼第26話　上書き仲良し

『……っ!?　なんだここは!?　さっきまで屋外にいたはずなのに……!?　クソガキ、てめえなにしやがったぁ!?』

ソフィアさんに取り憑《つ》き操る女性らしき黒いモヤが困惑の声をあげる。

けどそれも無理はない。

ここは僕の〈ヤリ部屋生成〉スキルで生み出した異空間。

いきなり引きずり込まれれば、周囲の光景がいきなり変わったことや天井付近に掲げられた「セッ●スしないと出られない部屋」というご丁寧な大文字に大混乱することだろう（誰が書いたのアレ？　外せないの？）。

けど僕は大混乱する黒いモヤに説明するなんて優しいマネはしない。

むしろ、より混乱する言葉を投げつける。

「ソフィアさん。僕はいまからあなたを――あなたの罪を犯す」

あなたを助けるために。

あなたに凶行を犯させた元凶を祓《はら》うために。

『……っ⁉　はぁ……⁉』

黒いモヤが困惑と嫌悪が混じったような声を漏らした。

『なにをわけわかんねえこと言ってやがるてめえ⁉　ああもういいわかった殺してやるよ！　ソフィアの身体《からだ》が壊れるような全力で！　てめえが死ぬかソフィアが死ぬか！　どっちも無事なんて甘っちょろいこと言ってられねえくらい無茶苦茶にな雑魚《この》ぁ！』

黒いモヤが言葉通りにソフィアさんの身体を操り、とてつもない速度で突っ込んできた。

そのスピードは先ほどの戦闘時よりもなお速い。

無理矢理リミッターを外されたようなソフィアさんの身体が悲鳴をあげて向かってくる。

けど、

「甘い」

『なっ⁉』

僕はその突撃を、股間《こかん》から伸びた枝分かれ男根であっさりと受け止めていた。

「この部屋にはすでに男根領域を展開済みだ」

それにいくら身体の限界を超えたところで、そこには気配を消す技術も駆け引きもない。ソフィアさんをただの操り人形として扱う黒いモヤの単純な突撃なんかに、僕が翻弄《ほんろう》される理由なんてひとつもなかった。

触手化した男根でソフィアさんの四肢《しし》を絡め取り、次の瞬間にはアダマンタイト化。

決して壊れない枷《かせ》に拘束《こうそく》され、ソフィアさんの身体は身動き一つとれなくなる。

『……っ！　なんだその魔剣……!?　ぐっ、こうなったら舌を噛《か》んで――うむぐっ!?』

僕は黒いモヤに操られるソフィアさんの口にギンギンの男根をねじ込む。

これでもう自害もできない。

準備は完全に整った。

「ソフィアさん、ごめん」

僕はもう一度謝って――彼女の衣服を優しく脱がす。

『っ!?　ちょっ、おまっ、マジでなにやって……!?』

黒いモヤが本気の本気で困惑した声を漏らした。

それを無視して僕はソフィアさんの柔肌を露出させていく。

一般的に、洗脳スキルを解く方法はいくつかある。
・術者を殺す。
・国やギルドが所有する主従契約破棄具のようなマジックアイテムを使う。
・希少な呪詛《じゅそ》解除のスキルを用いる。
等々、どれもいますぐには実行できないものばかりだ。

けれどいくつかある洗脳スキル解除法の中でも、「解除」に分類していいのか微妙な方法がひとつだけあった。

それは——より強力な洗脳隷属系スキルで上書きしてしまうこと。

そして僕には、仲良しによって絶頂させまくった相手を隷属させてしまう〈主従契約〉という頭のおかしいスキルがあった。洗脳系スキルに強い耐性のある〈神聖騎士〉さえ隷属させてしまう強力なスキルが。

だから——

ビキビキビキビキィ！

『ひ——っ⁉』

スキル〈適正男根自動変化〉によって、僕の男根が変形。

ソフィアさんを可能な限り優しく気持ち良く救う準備を整える。

それを見た黒いモヤがいままでの粗野な声音《こわね》から一転、女性らしい悲鳴をあげた。

『ちょっ、おまっ、まさかなに考えて——やめ、やめろ！　私とこのガラクタはいま感覚が繋《つな》がって……！　お前みたいなクソガキにヤられるなんて——待って！　本当に待て！　大体こんなことしてなんの意味がアアアアアアアアアアアアアアアアアアアアアアアアアアアアアアアアアアアアアアアッ♥♥♥♥⁉』

丁寧に。ひたすら丁寧にソフィアさんの身体《からだ》をほぐしたあと、黒いモヤの声を完全に無視して僕はソフィアさんと仲良しを開始した。

『おまっ、マジでヤりやが……っ♥!?　殺してやる！　絶対に殺しておごおおおおっ♥♥!?　なんでっ、ソフィアも私もはじめてなのにこんな――♥♥♥!?』

騒がしい黒いモヤを黙らせるように、情け容赦《ようしゃ》なくほかほか穴を抉《えぐ》りまくる。

快感で痙攣《けいれん》を繰り返すソフィアさんのしなやかな身体を、さらに強く抱きしめて仲良しを叩《たた》きつける。

僕は必死だった。

洗脳系スキルは、確かにほかの洗脳系スキルで上書きできる。

けどそれは既存の洗脳スキルよりも強力なことが大前提だ。

（僕の〈主従契約〉スキルが黒いモヤの洗脳スキルよりも強くないと、この仲良しにも意味がない！）

仲良しの激しさがスキルの強力さに繋がる保証はない。

けど僕はすがるように祈るように、できる限り強力に〈主従契約〉が発動するよう、ソフィアさんの身体を何度も何度も何度も何度も何度も何度も何度も何度も仲良しの絶頂へと導いていく。

容赦なく。

ひたすら激しく。

情けなんてかけるわけもなく。

黒いモヤが『も、もうやめ――――♥♥』と完全に限界を超えた弱音を漏らしても無視して。

そして――、

「ソフィアさんから、出てイけえええええええっ！」

『イグウウウウウウウ♥♥♥!?!?!?』

ズドンッ！

〈主従契約〉発動の条件である〝命令〟を叫びながら、ソフィアさんの弱点をひときわ激しく突き上げた――その瞬間だった。

「――――っ!?」

黒いモヤを打ち払うように、ソフィアさんの身体《からだ》から白い光が迸《ほとばし》る。

それと同時――僕の脳裏に異変が起きた。

弾けた白い光が僕の脳内に入り込んできたかのように。

精神支配系スキルのせめぎ合いによって記憶が混線したかのように。

僕の脳裏に見覚えのない映像が駆け巡る。

両親を亡くしたソフィアさん。

〈ギフト〉を授かる直前、人買いに騙《だま》されてダンジョン都市に連れてこられたソフィアさん。

ダンジョン攻略に酷使され、血姫だけが好きにできる奴隷《どれい》としていびり倒される日々。

（これは――ソフィアさんの記憶が流れ込んで……!?）

驚愕《きょうがく》する僕の中に、さらなる映像が断片的に流れ込む。

ソフィアさんを狂わせた、元凶の記憶が。

『酷《ひど》いことをするヤツがいるものだね』

ソフィアさんが買い出しかなにかに駆り出されている最中、半ば気力が尽きたかのように座り込んでいたとき。その頭上から優しい女性の声がかけられる。

雰囲気や口調は違う。

けどこれは、黒いモヤと同じ声だ。

『いい負の感情だ。私についてくれば、神様の名の下に君を救ってあげよう。すべてを壊す力を授けよう』

そう言う彼女がローブの下に隠していたのは――教会のエンブレム。

救いを騙《かた》るその女性の手でソフィアさんが連れてこられたのは――神聖法国首都にある大教会。その地下深く。

ローブを剥《は》ぎ取った女性の胸元で光るのは、神聖法国の要職を示す〈大神官〉のバッジだ。

教会とも関係の深い王都で何度も見た、偽造困難な身分証明書！

ソフィアさんを連れてきた女性は大教会の地下でそのバッジを隠そうとすらせず――むしろ〈大神官〉だからこそ入れたらしい地下で儀式をはじめる。

『ダンジョン都市が一日も経たずにいきなり消滅すれば、残ったダンジョンを巡って王国と近隣国で必ず戦争が起きる。ほかの仕込みも同時に発動すれば、王都はガタガタだ。この娘にはしっかり働いてもらわなければ』

そこから先はソフィアさんの記憶も曖昧《あいまい》で。

地下でのほとんどの時間を意識不明で過ごしたソフィアさんの意識がはっきりする頃――彼女は変わり果てていた。

力を植え付けられ、イカれた復讐《ふくしゅう》に取り憑《つ》かれた血濡《ぬ》れの戦姫へと。

(……!? まさか教会が――ロマリア神聖法国がソフィアさんを狂わせた元凶……!?)

それも、少数の者が秘密裏に行っているのではない。

神聖法国内部で少なくない数の人々が関与していた。

下手《へた》をすれば、教会中枢の大半が黙認しているような信じがたい規模で。

(アリシアを秘密裏に追っていることといい、教会は一体どうなって――!?)

激しい疑問が弾ける。

捨て置けない疑念が湧き上がる。

けど次の瞬間。

『アアアアアアアアアアアッ♥♥♥♥!?』

断末魔めいた黒いモヤの嬌声《きょうせい》。

それが響き渡った瞬間、僕の脳裏に流れ込む映像は断絶し――黒いモヤも虚空《こくう》に溶けるように消えていった。

そしてソフィアさんの下腹部に刻まれる〈主従契約〉の淫《みだ》らな紋様。

「あ……」

と、僕が声を漏らした数秒後。

ソフィアさんのまぶたが小さく震《ふる》えて――。

「……エリオール……?」

「ソフィアさん!」

狼の耳と尻尾《しっぽ》がピクリと揺れる。

ゆっくりとソフィアさんの目が開く。

その瞳は復讐に取り憑かれた少女のものなんかではなくて。

「……長い、長い悪夢を見ていた気がします。けど……あなたが……助けてくれたって……わかります……」

長い精神支配の影響か、少し前まで暴れ回っていたせいか。それとも僕がなりふり構わず仲良ししまくったせいか。ソフィアさんの表情はぼんやりしていて、意識もはっきりしていないように見えた。けど、

「……お礼に、また一緒に、パンケーキを食べに行ってくれますか……?」

「もちろんです!」

彼女を縛っていた戒めは完全に解けていて。

彼女の背後に垣間《かいま》見えた大きすぎる脅威をいまだけは忘れ、僕は譫言《うわごと》のように言葉を漏らすソフィアさんを思わず抱きしめていた。


お互いに下半身はすっぽんぽんのままで。

▼第27話　ハッピーハーレムエンドとさらなる脅威

ソフィアさんに取り憑《つ》いていた黒いモヤを追い払い、「セッ●スしないと出られない部屋」から脱出したあと。

洗脳を解いたことに驚愕《きょうがく》する獅子王《ししおう》となにか察したような表情を浮かべる女帝ステイシーさんたちに曖昧《あいまい》な笑みを浮かべた僕は、アリシアにソフィアさんの手当てを頼んだ。

回復魔法やポーションで身体《からだ》を回復。

〈神聖騎士〉の権能で怪しげな気配が完全に消滅していると改めて確認でき、僕はほっと胸をなで下ろす。

そして再び気を失ってしまったソフィアさんをステイシーさんや救護班に託したあと、僕らは事態の収拾に奔走《ほんそう》することになった。

残っていたモンスターの討伐。

人々の避難。

穴を塞《ふさ》いだとはいえ崩壊の余波が続くダンジョンの警戒など、やることは山積みだったのだ。

「お礼になんでもするって言いましたよね!?　絶対ですよ！　約束ですからね！」と鼻息を荒くするキャリーさんに念書を書いてあげたりと雑事もちょこちょこあったけど、まあこれは別に特筆するようなことでもない。

幸い、都市を形成するほどの大ダンジョンはそう簡単に完全崩壊するものではなかったらしく、その後ダンジョンは数日と経たずに安定化。

地面を犯していた僕の男根が消えてもモンスターが無闇《むやみ》に溢《あふ》れかえってくるようなことはなく、現在では旅団構成員を中心に復興作業が進みつつあった。

もともと数を大きく減らしていた戦姫旅団の構成員は、ほぼ消滅状態。

今回の騒ぎを引き起こしたソフィアさんは洗脳状態にあったことが明白ということで、獅子王やステイシーさんの名のもとに身柄を保護されていた。

色々大変だったけれど、どうにか一件落着したかたちだ。

「けどソフィアさん、あの日からずっと目を覚まさないんだよね……」

復興作業を手伝いながら、僕は溜息《ためいき》を漏らす。

なにか張り詰めていたものが切れてしまったのか、あるいは謎の黒いモヤに長い間取り憑かれて負担が蓄積していたのか。

命に別状はないものの、ソフィアさんはあの日からずっと眠り続けていて、僕はずっと心配していたのだった。

——そうして心ここにあらずの状態で復興作業に従事していたある昼下がり。

「エリオ……！」

黒いモヤの悪影響がぶり返したりしないかチェックするため、こまめにソフィアさんのもとへ通っていたアリシアが僕のところに駆けつける。そして、

「ソフィアさんが……目を覚ました……！」

「っ！」

「エリオに会いたがってるから……早く行ってあげて……」

それを聞いた僕は、思わず作業も放り投げて駆け出していた。

ソフィアさんが保護されていたのは、女帝旅団の治療室。

厳重な警備をパスして進んでいけば、広い個室の大きなベッドで上半身を起こしている狼人《ウエアウルフ》の女の子がいた。ソフィアさんだ。

「ソフィアさん、よかった、目を覚ましたんですね！」

「……………あ……エリオール……アリィ……」

僕とアリシアに気づいたソフィアさんが、僕らの偽名を呼ぶ。

そんな彼女に駆け寄り、僕はベッドの横に膝《ひざ》をついた。

「ずっと眠ってましたけど、体調のほうは大丈夫ですか？」

「……うん。さっき……女帝旅団の〈治療師〉やアリィにも確認してもらって、問題ないって言ってもらえました……特に痛みとかだるさもなくて……むしろいままでよりずっと……元気なくらい、です……い、いろんな意味で」

「そうですか……」

事前にアリシアから問題なさそうだと教えられていたとはいえ、本人から直接聞けて心底安《あん》堵《ど》した。聞けばあの黒いモヤに操られていた際の記憶も曖昧《あいまい》で、血腥《なまぐさ》い記憶に苦しめられているようなこともないようだった。

（本当によかった……。実を言うと上書き仲良しのときに見えた教会の記憶とか、真っ先に確認しておきたいことは色々あるんだけど……ソフィアさんは病み上がりだし、いまは快復したことを素直に喜ぼう）

辛《つら》いことがたくさんあったんだ。

少なくともいまはソフィアさんの負担になるようなことはしたくない。

「そうだソフィアさん。お見舞いの品も準備しておいたんですよ。病み上がりでお腹も空いてるでしょうし、一緒に食べましょう！　前みたいに！」

と、僕は食べ物の腐らないヤリ部屋から大量のお菓子や食料、飲み物なんかを取り出そうとしたのだけど――そこで異変に気づく。なにやらソフィアさんが瞳を潤《うる》ませ、顔を真っ赤に上気させていたのだ。

「……体調は、問題ないんです……けど、実は、ちょっと……困ったことがあって……」

「え!?」

一体なんだというのだろう。

まさか、なにか厄介《やっかい》な後遺症でも……？　と僕が心配していたところ――ガバッ！

ソフィアさんが僕をベッドに引きずり込んできた。ええ!?

「ふー♥　ふー♥　あ、ちが、違うんです……あの……これは、どうしようもない本能みたいなもので……ふー♥　見ないで、ください……こんなはしたない姿……♥　ふー♥」

「ソフィアさん!?」

口では見ないでと言いつつ、ドロドロに溶けた顔で僕を凝視してくるソフィアさん。

その身体《からだ》は下半身を中心に熱く燃え上がり、ベッドの中はこれでもかと女の子の匂《にお》いに満ちていた。発情しきった女の子の匂いだ。

こ、これってまさか……!?　と僕が困惑していたところ――バタン！

医務室の分厚《ぶあつ》い扉が無慈悲に閉じられた。アリシアの手で。

「……獣人は、心底好きになった相手の前でだけ定期的に発情しちゃうって……エリオも知ってる、よね」

流れるように退路を封じたアリシアが淡々と語る。

「普通はリザさんみたいに……ある程度抑えが利くものだけど……ソフィアさんはずっと操られて抑圧されてたうえに、これが初恋みたいで……もう完全に、抑えが利かなくなっちゃってるみたいなの……。エリオがいない場面でもずっと落ち着かないみたいで……凄《すご》く可哀想《かわいそう》だった……」

そしてアリシアはなぜか自分もしゅるしゅると服を脱ぎながら僕を押さえつけるようにベッドに腰掛け、

「……ソフィアさんには色々と確認したいこともあるけど……まずはしっかり責任もって処理、してあげないと……ダメみたい……」

「しょ、処理って、ちょっ、本気!?」

ソフィアさんは病み上がりなんだよ!?　と僕はさすがに戸惑う。

けれど――、

「ふー♥　ふー♥　ふー♥　ふー♥」

当の本人が、もうどうしようもなさそうだった。

その鼻息は完全にスイッチの入ったアリシアみたいに荒い。

僕から離れて仰向けに転がったソフィアさんは羞恥《しゅうち》で真っ赤になった顔を腕で隠しながら、
しかし本人の意思とは無関係にカクカクと腰を振る。そして、

「お願いです……お願いですから早く、滅茶苦茶《めちゃくちゃ》にしてください……♥」

ほとんど泣きそうな声で、ソフィアさんの整った唇からか細い声が漏れた。

それはともすれば、救いを求めるか弱い少女のもので――、

「あ、ああもう！　〈ヤリ部屋生成〉！」

「……えへへ」

心底嬉しそうなアリシアも連れて、僕はソフィアさんとヤリ部屋に突入。

途中、女帝旅団の医療班に「ソフィアさんは大丈夫なので！」と断りを入れた以外はずっと異空間に引きこもり、〈淫魔《いんま》〉らしくソフィアさんを慰《なぐさ》めまくるのだった。

エリオ・スカーレット　ヒューマン　〈淫魔〉レベル290
所持スキル
絶倫Ｌｖ15
男根形状変化Ｌｖ12
男根分離Ｌｖ10
男根再生Ｌｖ10
現地妻（Ｌｖなし）
精神支配完全無効（Ｌｖなし）
主従契約（Ｌｖなし）
男根形質変化Ｌｖ12
異性特効（Ｌｖなし）
適正男根自動変化（Ｌｖなし）
ヤリ部屋生成（Ｌｖ１）
自動変身（Ｌｖなし）

従魔眷属化（Ｌｖなし）　？・？・？・？

？・？・？・？

インマツイホウ

I was banished from the capital. But the more I get along with the girls, the stronger I get.

ステイシー
「ああそうだ。ちょっと面白い報告があるんだけど」

エリオ
「え？　なんですか？」

ステイシー
「いきなり巨大な男根が降ってきてダンジョン崩壊を防いだってのが改めて騒ぎになっててね。あの石造りの巨大棒をあがめ奉ってる連中がたくさんいるのよ。信仰になりそうな勢いで」

エリオ
「え」

ステイシー
「で、面白そうだったから煽っておいたわ」

エリオ
「ちょっ!?」

ステイシー
「いまは面白半分で感謝してるヤツが大半だけど、煽ったら思ったよりみんな乗っちゃって。そのうち本当にご神体になるんじゃない？」

エリオ
「なにやってるんですか!?」

ステイシー
「ま、そのくらい劇的な出来事だったし、多分私が煽らなくても大して差はなかったわよ。とりあえず平和な証拠だし受け入れておきなさいって。……この慌てよう、ようやくこのエロガキに一泡吹かせられたわね」

エリオ
「いまボソッとなんか言いませんでした!?　ちょっと!?」

エピローグ

「おほおおおおおおおっ♥♥♥♥!?」

暗い部屋の中に、快楽に打ちのめされた若い女の絶頂声が響き渡った。

そこはダンジョン都市から遠く離れた巨大宗教国家にある、とある大聖堂の地下深く。

一般教徒はおろか、下っ端の神官さえも立ち入れない聖域だ。

その地下空間の一室を根城にしていた大神官の女は、突如として戻ってきた自らの分身──黒いモヤを纏《まと》いながら荒い嬌声《きょうせい》を漏らす。

「な、なんだ……!?　なにが起こった!?　狼娘につけていた黒煙から異常な快感が流れ込んできたかと思えば、なぜこの私がガキに手籠《てご》めにされて快感に打ちのめされる屈辱《くつじょく》を──!?」

ありえん、なんだこれはと女は狼狽《ろうばい》する。

黒いモヤから伝わってきた激しい快感のフィードバック。

それによって、誰にも触れさせたことのない自らの高潔な身体《からだ》が激しく犯される感覚でいっぱいになっていた。

なにより屈辱的なのは、刻み込まれた快感に身体が心底喜び「もっと、もっと」と媚《こ》びているような感覚があることだ。子宮がイカれたように疼《うず》いている。

「……っ！」

神の使いと呼ぶにふさわしい女神官の美貌《びぼう》が、怒《いか》りと屈辱で真っ赤に染まる。

加えて、分身である黒いモヤから断片的に送られてきた情報は異常快感だけではない。

何者かの手により、手間暇かけて育てたソフィア《手駒》が解き放たれた。

さらにはダンジョン都市の崩壊計画まで中途半端に終わったとわかり、女神官は「どうなってるんだ!?」と室内に積まれたマジックアイテムや実験器具を蹴《け》飛ばしそうになる。

だがしかし、大神官の女はすんでのところで激情を抑え込んだ。

なぜなら黒いモヤが祓《はら》われる直前に送ってきた情報は、不愉快なものばかりではなかったからだ。

「戦いの最中に放出されたあの神聖な気配……見つけたぞ……！　当代の〈神聖騎士〉アリシア・ブルーアイズ……！」

教会が秘密裏に追う退魔の騎士。

女神官と同様にスペルマリア王国で暗躍する王妃が取り逃がしてしまった最優先暗殺対象。

まだ成長しきっていないその怨敵《おんてき》の所在を突き止めた大神官の女は、三日月のごとく口角をつり上げた。

快楽の余韻《よいん》にビクンビクンと屈辱的に身体を痙攣《けいれん》させながら。

▼おまけＳＳ　アリシアの好奇心

「ってことがあってさ、大変だったんだ」

女帝旅団の拠点で、旅団同盟についての話を聞かされたあと。

獅子王《ししおう》から逃げるように宿へ戻ってきた僕は、目を覚ましていたアリシアに一連の事情を説明していた。

するとアリシアは「……大変だったね」と言いつつ、

「……でも、そっか。獅子王って、女の子だったんだ。それで、エリオにメロメロ……」

戦姫ソフィアさんの信じがたい話とか色々あったけれど、どうもアリシアが一番興味を持ったのはそこだったらしい。

僕はふと嫌な予感にかられる。

（アリシアってほかの女の子と僕を仲良しさせたがるんだよね……まさか獅子王と僕に仲良しさせようなんてことは……）

「ね、ねえアリシア？　もしかして獅子王と僕に、その、仲良ししてほしいとか思ってないよね……？」

恐る恐る訊《たず》ねてみる。

するとアリシアは少し考え込んだあと、

「……エリオがしたいなら止めないけど……なんだか獅子王は私とエリオがしたことのないタイプの仲良しを望んでるみたいだから。エリオの初めてを取られるのは、いや」

珍しく「むっ」と頬《ほお》を膨《ふく》らませ、僕の服をぎゅっと握りながらそう答えた。

か、可愛《かわい》い……。

それにどうやらアリシア的にも獅子王の要求はＮＧだったようで心底ほっとした。

「そっか。なら遠慮なく全力で獅子王の要求は断ることにするね！」

「……あ、でも……」

アリシアが再び考え込む。

そして少しワクワクと目を輝かせると、

「……もしエリオがお尻《しり》のほうの仲良しにも興味があるなら、私は喜んで……ちょうど女帝に教えてもらった大人のアイテムショップがあるし……そこで準備を……」

「アリシア、今日の夕食はどうしよっか？」

これ以上掘り下げるとよくない流れになる気がする。

僕は顔に笑顔を貼り付けたまま、全力でこの話を打ち切るのだった。

あとがき

お久しぶりです、赤城《あかぎ》です。

淫魔《いんま》追放三巻、原稿は既にあるにもかかわらず一年も空いてしまい申し訳ありませんでした。

それというのも、二巻のあとがきでもチラっと書いたのですが非常に面倒かつ信じられないような病気を発症してしまいまして。なんの毒性もないはずの揮発物質（日常的な匂《にお》い）によって認知症のような症状が出てしまう難病で、生活基盤が目茶苦茶になっていたのです。症状が重いときは何年も通っているスーパーまでの道がわからなくなったり線香の匂いを嗅《か》ぐと寝たきりのような状態になるため父の葬儀にも出席できないなど、ちょっと信じられない状況になっておりました。いちおう行政のＨＰにもこの病気については記載されているのですが、行政支援は皆無で相談できる病院も全国に数カ所しかなく、対応はすべて自分で手探り、小説執筆どころか生きる方法を模索する日々が続いておりました。

さらにはやっと調子が整って色々と仕事ができるようになると思った矢先、避難先の実家で母が室外用の強力な殺虫剤を室内に使ってしまい安全地帯が壊滅。母自身も僕と同じような症状が出始め実家に住めなくなったため一家離散状態になったりと、「ちょっとそれはさすがに吹いてない？」というヤバいトラブルが続きまして……。ほかにも殺虫剤換気のために購入した大型扇風機に機械油が付着していたため拡散した油で家中がベタベタになりその匂いで殺虫剤以上にしつこく体調を崩すはめになるなど、なんかもう呪《のろ》われているのではと疑うような状況がいまも続いていたりします。

まあそんななかでも今月は二作同時刊行などやっちゃってますが、これも殺虫剤事件が起こる前の調子が良かったときに書き溜《た》めることができたもので、なんというか、あまりにも体調が不安定すぎるために色々とスケジュールの見通しが立てづらいんですよね……。

というわけで色々とシリーズが滞ってたりしますがそれは作品へのやる気を失ったとかではなくいかんともしがたい状況ゆえ。死なない限りシリーズストップとかはないと思うので、そのあたりはご安心ください（いやまあ売り上げとかもあるでしょうが！）。

というわけで以下謝辞です。色々と面倒な状況のなか、二作同時刊行などなど爆速対応していただいている担当様。色々と配慮していただき、今回もどうにか本を出すことができました。本当にありがとうございます。

そして今回もえっっっっっなイラストとキャラデザを描いてくださったkakao《カカオ》様。毎度毎度こちらの想像を超えてくる素晴らしいデザインとイラストの数々本当にありがとうございました。この先も非常に楽しみです……！

それでは、次はもう少し早くお会いできることを祈って……また次巻でお会いしましょう。

ガガガ文庫10月刊

淫魔追放3 ～変態ギフトを授かったせいで王都を追われるも、女の子と“仲良く”するだけで超絶レベルアップ～

著／赤城大空《あかぎひろたか》

イラスト／kakao《カカオ》

アリシアや屈強な女傑たちと仲良し（隠語）しまくりながらレベルアップしていくエリオは、ダンジョン都市サンクリッドで獣人ソフィアと出会う。彼女の闇が街を呑み込むとき、エリオの淫魔力は更なる高まりを見せ……？

ISBN978-4-09-453150-3（ガあ11-31）　定価792円（税込）

公務員、中田忍の悪徳7

著／立川浦々《たちかわうらうら》

イラスト／棟蛙《おうちかえる》

『耳島』で起きた鮮烈な事件と隠された事実は、忍たちの関係に小さくない影響を及ぼしていた。蛮勇に走る環、絶望に沈む由奈、暗躍するアリエル、そして何も知らされない中田忍の間に、終演の舞台風が吹く。

ISBN978-4-09-453151-0（ガた9-7）　定価891円（税込）

塩対応の佐藤さんが俺にだけ甘い8

著／猿渡《さわたり》かざみ

イラスト／A《あ》ちき

冬休み明け。とある事情で円花は佐藤さんたちの学校に通うことに。波風立てたくない蓮だったが、佐藤さんの思い込みが炸裂し……「蓮君と円花ちゃん、付き合ってるんです」最悪の爆弾発言が幼馴染の関係を変える!?

ISBN978-4-09-453152-7（ガさ13-11）　定価858円（税込）

双神のエルヴィナ4

著／水沢《みずさわ》 夢《ゆめ》

イラスト／春日《かすが》 歩《あゆむ》

トゥアールによってこの世界の真実が明かされる。そして、照魔とエルヴィナは心を繋ぎ、創造神に最も近い女神・ディスティムとの究極の戦いに挑む!!　全てが結ばれ、全てが繋がる――新世代の女神バトル・第四弾!!

ISBN978-4-09-453153-4（ガみ7-30）　定価858円（税込）

帝国第11前線基地魔導図書館、ただいま開館中

著／佐伯庸介《さえきようすけ》

イラスト／きんし

人類と魔族が戦い続ける世界。勇者や魔導具に続き、ついに『魔導書』の兵器利用に手が伸びる……それに一人抗うのは、軍基地図書館を任された、筋金入りの司書だった！　女司書が抗う、戦場の魔導書ファンタジー。

ISBN978-4-09-453155-8（ガさ14-1）　定価858円（税込）

【悲報】お嬢様系底辺ダンジョン配信者、配信切り忘れに気づかず同業者をボコってしまうけど相手が若手最強の迷惑系配信者だったらしくアホ程バズって伝説になってますわ!?

著／赤城大空《あかぎひろたか》　イラスト／福《ふく》きつね

「お股を痛めて生んでくれたお母様に申し訳ないと思わねぇんですの!?」迷惑系配信者をボコったことで、チンピラお嬢様として大バズり!?　おハーブすぎるダンジョン無双バズ、開幕ですわ！

ISBN978-4-09-453157-2（ガあ11-32）　定価792円（税込）

楽園殺し4 夜と星の林檎

著／呂暇郁夫《ろかいくお》

イラスト／ろるあ

惨劇に終わってしまった周年式典。ロロ・リングボルド率いる第一指揮が大規模掃討戦に乗り出すその裏で、シーリオたち第七指揮もまた、奪われたものを取り戻すべく独自に動き出す。

ISBN978-4-09-453154-1（ガろ1-5）　定価1,001円（税込）

GAGAGA

ガガガ文庫

淫魔追放３

～変態ギフトを授かったせいで王都を追われるも、女の子と"仲良く"するだけで超絶レベルアップ～

赤城大空

発行　2023年10月23日　初版第1刷発行

発行人　鳥光 裕

編集人　星野博規

編集　岩浅健太郎

発行所　株式会社小学館
〒101-8001 東京都千代田区一ツ橋2-3-1
［編集］03-3230-9343 ［販売］03-5281-3556

カバー印刷　株式会社美松堂

印刷・製本　図書印刷株式会社

Printed in Japan ISBN978-4-09-453150-3